저자인 폴 데이비스는 25년 동안 저널리즘 분야에 종사하며
〈오피셜 닌텐도 매거진〉과 〈컴퓨터 앤 비디오 게임스〉를
비롯한 각종 잡지와 웹진의 편집을 맡아왔다. 현재는 프리랜서
작가로 활동하며 게임 개발사와 퍼블리셔들을 대상으로 컨설팅
서비스를 제공하고 있다.

《The Art of 어쌔신 크리드 오리진》에서는 수백 장의
아름다운 그림으로 다시 태어난 과거의 모습을 만나볼 수 있다.
유비소프트의 아티스트들은 역사적 정확성을 잃지 않으면서도
한 장, 한 장 개성 있는 스타일과 독자적인 비주얼을 담은
그림을 완성해냈다. 거대하고 찬란한 모습으로 재현된 멤피스,
알렉산드리아, 기자의 대피라미드에서는 프톨레마이오스
13세, 클레오파트라 7세, 줄리어스 시저, 마르쿠스 브루투스 등
전설적인 인물들을 만나볼 수 있다. 유비소프트의 아티스트들이
창조해낸 작품들을 통하여 경이로운 고대 세계로 빠져들어 보자.

The Art of 어쌔신 크리드 오리진
The Art of Assasin's Creed Origins

1판 1쇄 펴냄 2018년 3월 26일

글 폴 데이비스 PAUL DAVIES
감수 김기원 **펴낸이** 하진석
펴낸곳 ART NOUVEAU
주소 서울시 마포구 독막로3길 51
전화 02-518-3919 **팩스** 0505-318-3919
이메일 book@charmdol.com
신고번호 제313-2011-157호
신고일자 2011년 5월 30일
ISBN 979-11-87824-19-0 03840

Artist Credits

[면지, 2쪽] 마르탱 데샹보 Martin Deschambault
[1쪽] 뱅상 가이노 Vincent Gaigneux
[차례] 질 벨로에이 Gilles Belooil

THE ART OF
ASSASSIN'S CREED
ORIGINS

어쌔신 크리드 오리진

글 폴 데이비스
서문 라파엘 라코스트

A
R T
N O U
V E A U

차례

서문 라파엘 라코스트(Raphaël Lacoste)

역사의 재해석과 재구상이라는 콘셉트를 바탕으로 제작된 어쌔신 크리드 시리즈가 플레이어들과 함께한 지도 어느덧 십 년이 넘었습니다. 어쌔신 크리드는 매 작품 감탄을 자아내는 장면들로 플레이어들에게 사실적이고 몰입도 있는 경험을 제공하기 위하여 노력해왔습니다.

어쌔신 크리드의 특별한 세계는 아트 디렉션과 기술의 발달에 힘입어 끊임없이 발전해왔습니다. 저희는 저희만의 독특한 스타일을 통하여 다양하고 폭넓은 감정을 이끌어내는 강력하고도 의미 있는 엔터테이먼트를 만들 수 있었습니다. 저희는

플레이어들이 누비는 세계의 풍경, 그 안에서 볼 수 있는 대표적인 건축물, 그리고 그들이 만나는 역사 속 인물들까지 모든 세부 사항에 집중했습니다.

어쌔신 크리드 오리진에서는 시리즈 최초로 플레이어가 나라 전체를 탐험할 수 있습니다. 플레이어들은 시와의 풍요로운 오아시스에서 카타라 분지의 거친 모래사막, 다양한 문화가 교차하는 찬란한 알렉산드리아의 항구, 장엄하고 위풍당당한 모습의 멤피스까지 고대이집트 전역을 구석구석 누비며 모험을 이어가게 됩니다. 광활하고 다채로운 어쌔신 크리드 오리진의 세계는 현재까지 발매된 시리즈 중 단연코 가장 아름다운 여정을 약속합니다.

개발 초기, 저희는 오리진의 세계와 캐릭터들이 지닌 무궁무진한 가능성을 탐구하고자 수백 점의 아트워크를 그렸습니다. 넓고 황량한 사막으로만 대표되는 고대이집트의 획일적인 이미지를 탈피하여 놀랍도록 다양한 동식물과 다채로운 풍경, 아름다운 도시를 재현해내는 것은 힘들지만 무척 흥분되는 작업이었습니다. 저희는 플레이어들이 오리진에 펼쳐진 세상을 통하여 놀라운 볼거리로 가득한 이집트라는 거대한 나라를 오롯이 경험해볼 수 있기를 바랐습니다.

개발 팀은 역사에 충실하면서도 아름답고 인상적인 고대 도시를 재현해내기 위하여 역사학자이자 수채화가인 장 클로드 골뱅과 함께 작업했습니다. 저희는 장엄한 아름다움을 뽐내는 유명

건축물, 화려한 부유층의 거주지, 그리고 비참한 빈곤이 스민 가난한 지역까지 대비를 살려내는 데 초점을 맞췄습니다. 장 클로드 골뱅과의 작업을 통하여 많은 것을 배우고 신선한 영감을 얻을 수 있었습니다. 이 책에 그가 오직 어쌔신 크리드 오리진을 위하여 특별히 작업한 여러 오리지널 삽화들을 실을 수 있어 영광입니다.

어쌔신 크리드 오리진의 제작 과정은 결코 간단치 않았지만, 그 과정을 거쳐 탄생한 작품은 지금까지 저희가 선보인 시리즈 중 가장 아름답다고 감히 자부할 수 있습니다. 저희가 오리진의 세상을 창조해내며 느꼈던 기쁨을 그 세상을 탐험하는 플레이어들 또한 느끼기를 바랄 뿐입니다. 그럼 좋은 여행이 되기를!

제 1 장

시와

> "바예크는 복수를 위하여
> 신도 도덕도 저버려야
> 했던 인물입니다."
>
> 유비소프트 몬트리올

바예크

첫 등장에서 시와의 바예크는 여러 달에 걸친 여행으로 여기저기 헤진 남루한 차림이었다. 지친 방랑자 바예크는 이집트의 메자이(Medjay)로, 악랄한 집단의 손에 억울하게 목숨을 잃은 아들의 복수를 위해서라면 언제든 싸울 준비가 되어있는 인물이다. 바예크는 아들을 죽인 이들의 이름을 팔뚝에 문신으로 새겨 넣고, 한 명씩 제거할 때마다 이름 위에 줄을 그어 나간다.

주인공인 바예크는 어쌔신 크리드 오리진의 미션을 이끌어가며 새로운 모험을 약속한다. 바예크의 이야기는 클레오파트라와 줄리어스 시저의 운명적인 만남이 이루어졌던 시기이자 프톨레마이오스왕조가 막을 내리고 로마의 속주가 되기 직전이었던 고대이집트를 배경으로 펼쳐진다. 플레이어들은 바예크와 아내인 아야를 통하여 그 시대를 살아가던 민중들의 분투를 함께 경험하고, 그 과정에서 고난을 딛고 일어서는 이들의 강인함 또한 느끼게 된다.

바예크는 "내 사전에 포기란 없다"고 외치며 형제단의 기원이 되는 집단을 결성하고, 그 이름은 그 후 전설이 된다.

[8~9쪽] 풍경 – 마르탱 데샹보
[왼쪽] 아트워크 – 헬릭스
[위] 바예크 초상화 – 뱅상 가이노

바예크와 독수리 세누 초상화 — 뱅상 가이노

바예크를 만드는 콘셉트 아트 단계에서는 죽음의 분위기를 풍기는 인물을 만들기 위하여 다양한 시도를 해보았다. 콘셉트 아티스트인 제프 심슨의 말이다. "미라를 테마로 한 작업이 재미있었어요. '미라'라고 하면 대개 휴지 같이 너덜너덜한 붕대를 칭칭 감고 삐쩍 마른 괴물을 떠올리잖아요. 그 이미지를 탈피하고 싶었어요. 박물관에 전시되어 있는 실제 미라의 모습을 참고하여 다양한 패턴과 질감을 살려보고자 했죠. 대중문화 작품 속 미라의 모습은 너무 뻔하고 재미없는 것 같다는 생각을 했거든요."

오른쪽 그림 속 의상은 괴물을 연상시키는 무시무시한 디자인으로, 적에 대한 바예크의 살기를 드러낸다. 개발자들은 캐릭터 개발 초기부터 주인공의 모습과 직업을 염두에 두고 디자인 작업에 임했다.

[위, 오른쪽] "뱀이나 파충류에서 영감을 받은 이집트 문양을 살리면서도 흥미로운 색채의 조합을 살려보고자 했습니다." — 제프 심슨

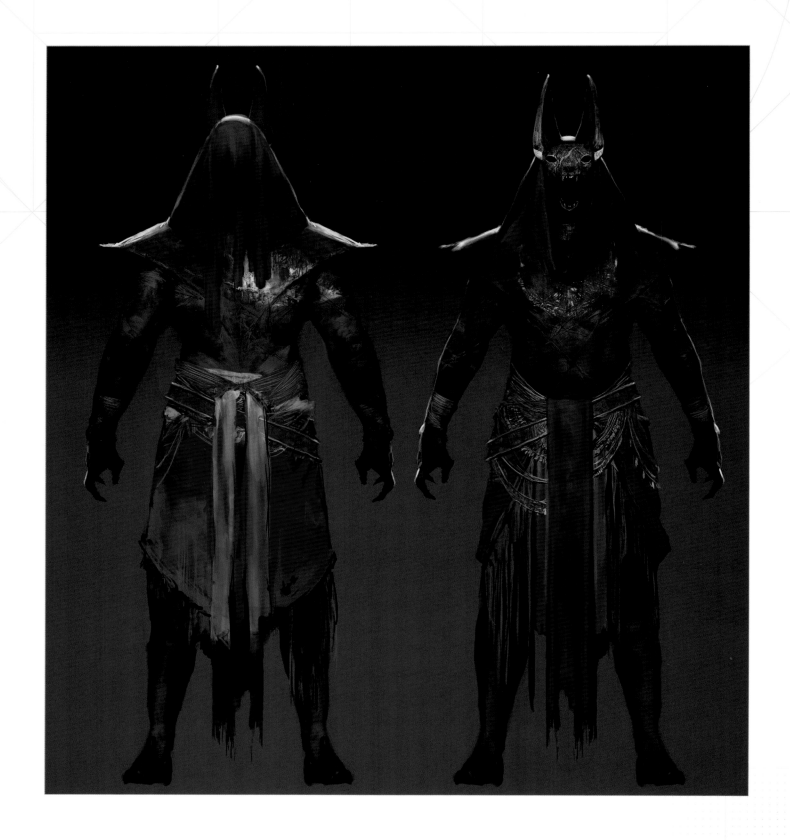

[위] "아누비스 타입의 캐릭터는 지금까지 참 많았지만, 이번 작품에서는 '죽음'의
색채를 강렬하게 드러내는 게 도움이 될 것 같았어요. 작업을 하며 이런 상상력을
더하는 건 참 즐거운 일이죠." — 제프 심슨
[15쪽 위 왼쪽] "리깅 작업 담당자나 애니메이터들은 저 헤라클레스 사자 투구
때문에 죽을 맛이었을 거예요. 아마 저를 엄청 미워하겠죠?" — 제프 심슨

[위, 왼쪽] 더 어둡고 위협적인 분위기의 바예크
콘셉트 아트 ─ 뱅상 가이노.

마르탱 데샹보가 그린 이 멋진 단검(맨 오른쪽 끝)은 그리스와 전쟁을
일으키고 이집트를 토벌한 페르시아의 폭군 크세르크세스 암살에 사용된
검이라 알려져 있다. 크세르크세스를 암살한 아르타바누스(후에 다리우스로
개명)가 만든 이 암살검은 평소에는 소매 안쪽에 숨길 수 있으며, 손목의 작은
움직임만으로 조작하여 상대에게 치명상을 입힐 수 있다.
바예크의 움직임을 표현한 스케치들 – 뱅상 가이노

"이 흑백 스케치들은
새로운 영웅의 특징적인
움직임들을 담고 있습니다."

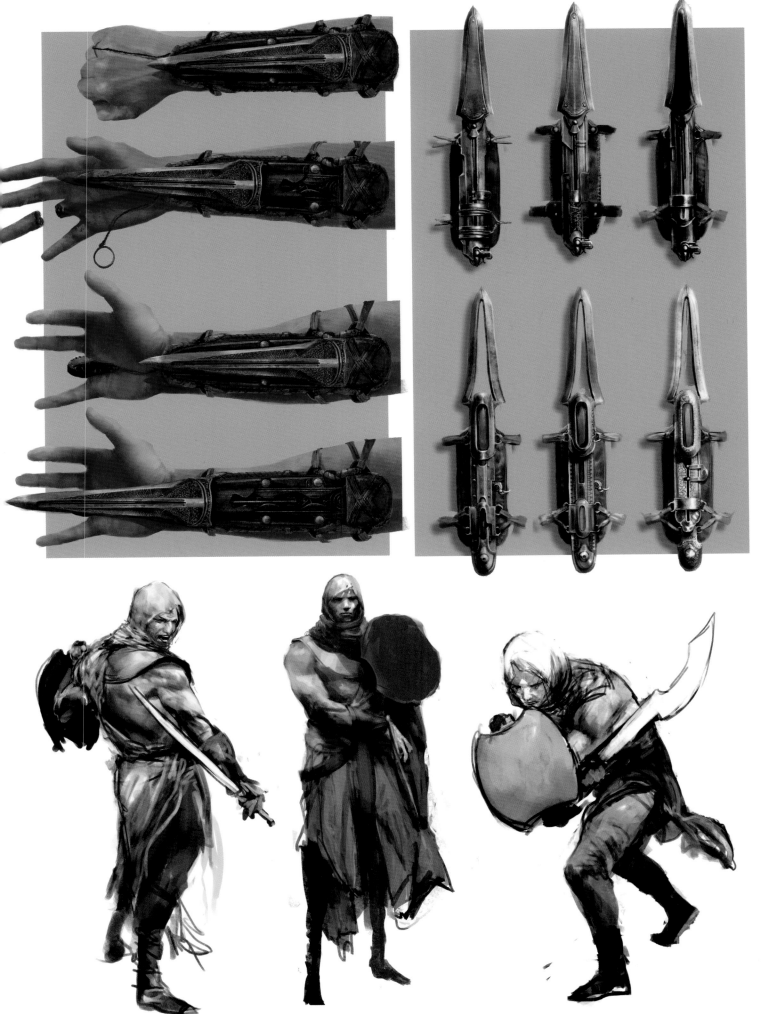

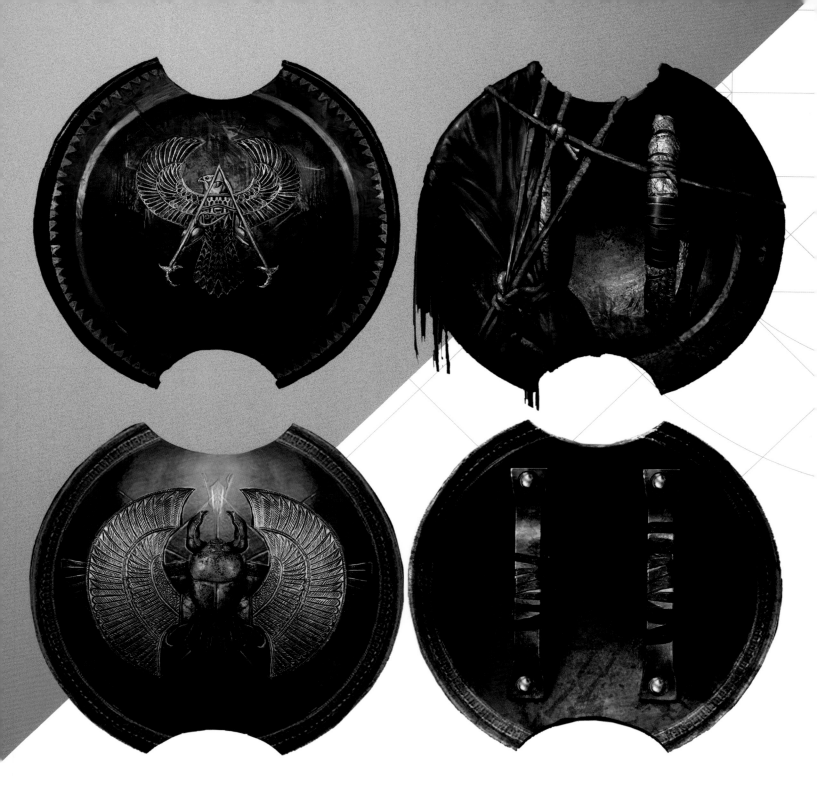

무기와 방패

유비소프트가 어쌔신 크리드 오리진의 시대적 배경으로 그리스·로마 시대를 택한 이유 중 하나는 그 시대 무기와 도구들이 지닌 특유의 유려한 아름다움 때문이다. 콘셉트 아티스트들은 실제 역사적 유물들로 영감을 얻어 이처럼 환상적인 디자인을 만들어냈다.

게임 내에서 바예크는 다양한 헤라클레스풍 방패를 이용한다. 둥근 방패의 위와 아래가 조금씩 들어가 있는 디자인 덕분에 몸을 가린 상태에서도 적의 동태를 살필 수 있다. 손잡이 부분에 감긴 가죽 끈은 미끄럼을 방지하고 방패를 더 잘 잡을 수 있게 하기 위한 것으로, 방패 주인이 전투 경험이 많은 노련한 전사임을 보여준다. 목숨을 걸고 싸우는 일이 일상이 되어버린 전사 말이다.

제프 심슨이 디자인한 이집트풍 지팡이, 언월도와 군용 활. 기본적인 무기에서부터 왕 자신이나 왕의 군대가 사용할 만한 고급 무기까지 다양하다. 지역의 부에 따라 무기를 만든 재료와 장식이 달랐고, 무기의 주인을 짐작할 수 있는 왕족의 표식이나 종교적 상징을 넣기도 했다.

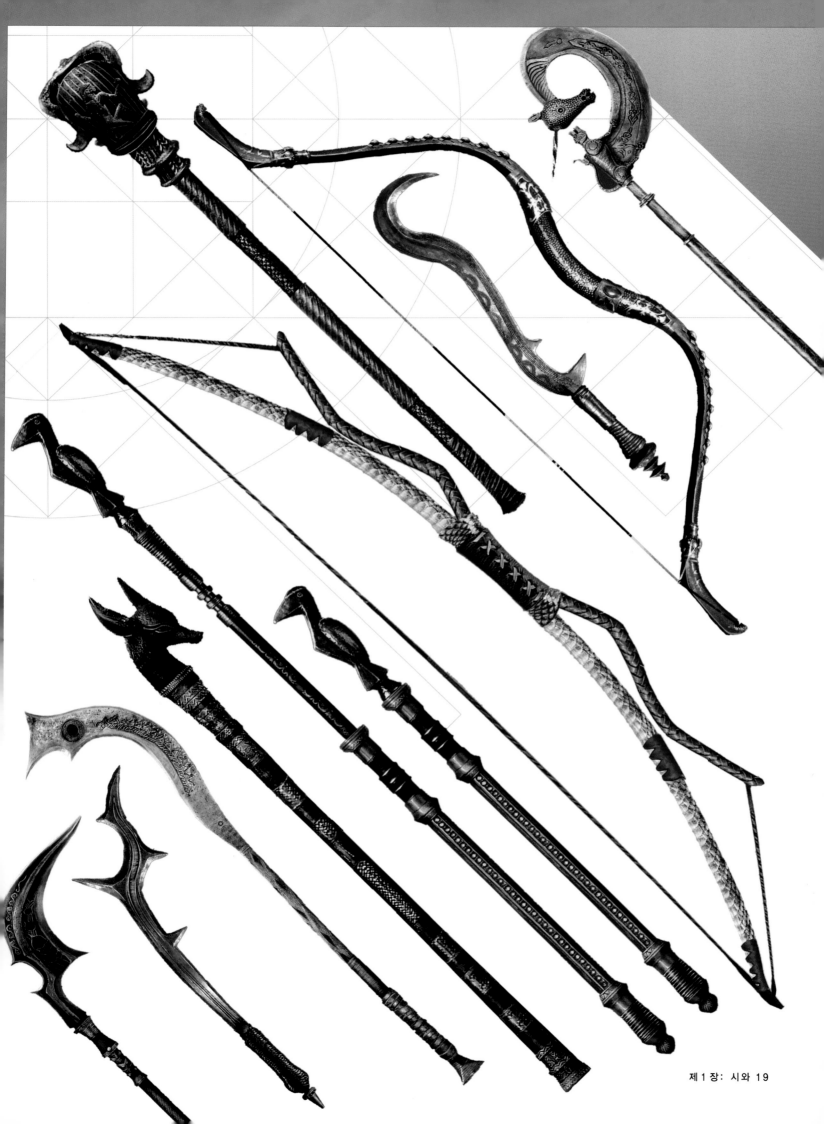

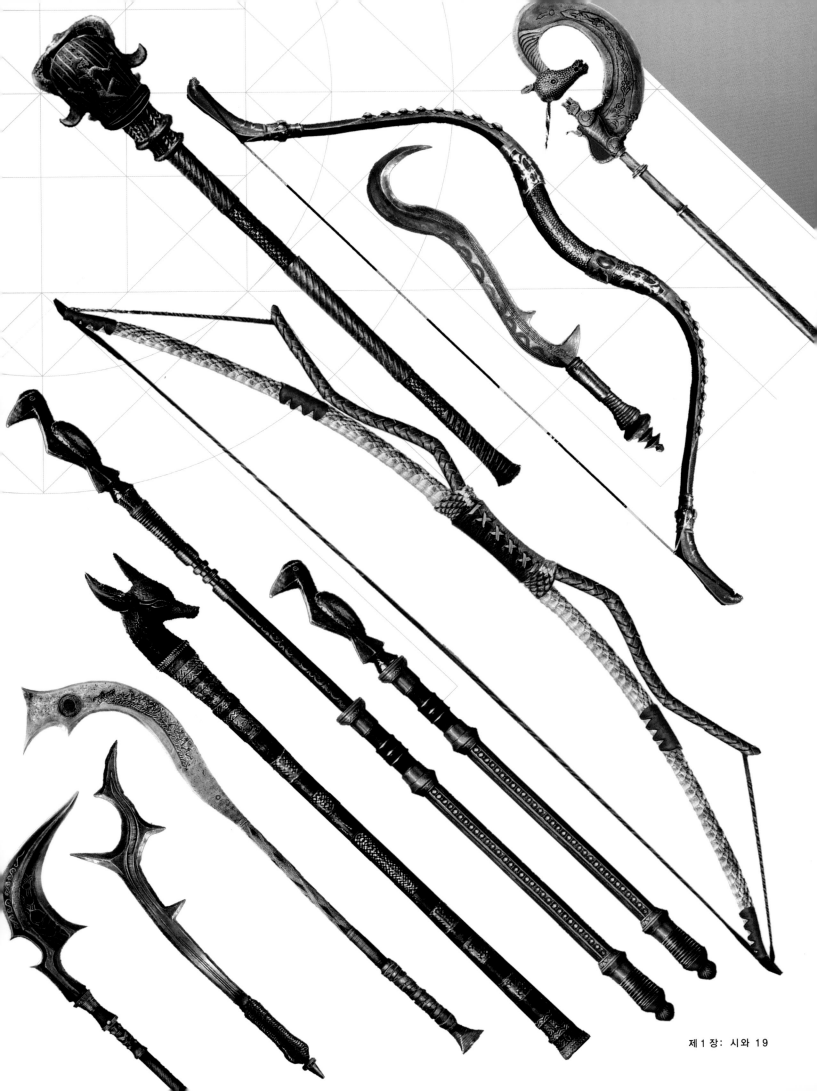

오른쪽 그림은 뱅상 가이노가 작업한
것으로, 거의 완성에 가까워진 바예크의
모습을 보여주고 있다. 주인공의 당당하고
강렬한 카리스마를 섬세하게 표현한
이 그림 속의 무기와 의상, 장신구는 모두
바예크만의 것으로, 어쌔신 크리드의
상징인 암살자의 기원을 보여준다.
21쪽에는 리넨 천을 덮은 낙타를
탄 주인공 뒤로 펼쳐지는 이집트의
풍경이 사막을 누비던 대상들의 시대를
연상시킨다. 역사 속 바예크의 모습을
상상하여 그린 이 마르탱 데샹보의 작품은
그대로 국립 미술관에 걸어도 손색이 없을
만큼 훌륭하다.

메두나문

바예크는 아들을 죽인 범인으로 가면 쓴 남자들을 지목한다. '따오기'라고도 알려진
허약한 외모의 메두나문 또한 가면 쓴 남자들 중 한 명으로, 세부 묘사가 생생히
살아있는 이 일러스트는 헬릭스의 작품이다. 메두나문은 신관의 의복을 입고 있지만
실상은 가짜 예언자이며, 그가 관리하는 아문 신전은 감옥으로 변한 지 오래다.
제의용 이집트 가면은 메두나문을 공포의 대상으로 만들어준다. 콘셉트 아티스트들은
플레이어들이 메두나문의 어둡고 복잡한 내면을 한눈에 느낄 수 있도록 그의 이야기를
담은 듯한 가면을 탄생시켰다.

오른쪽의 그림에 대해 제프 심슨은 웃으며 이렇게 설명했다. "저는 라파엘이 저한테
인물을 부탁하면서 '엄청 기괴하게 만들어줘'라고 말할 때가 제일 좋아요. 어차피
제가 창조하는 인물 대부분은 기괴한 모습이거든요. 사실 오리진에 등장하는 그 시대
인물 대부분이 어느 정도 음울하고 기괴한 모습이기는 해요. 그래서 인물 간의 구분을
위해서 독특한 화장 같은 것을 시도해보았죠. 일러스트에 사용한 메두나문의
몸 부분은 프로젝트 초기에 잡았던 콘셉트에서 가져왔어요."

시와, 성스러운 오아시스

브랜드 아트 디렉터이자 콘셉트 아티스트인 라파엘 라코스트는 이집트에 대해 이렇게 설명한다. "사람들은 대개 '이집트'하면 끝없이 펼쳐진 광활한 사막만 떠올리죠. 하지만 사실 이집트는 다양한 풍경과 매력을 숨기고 있는 곳이에요. 그 다채로움은 얼핏 봐서는 느끼기가 힘들죠. 저희는 잘 알려지지 않은 아름다움을 찾아내서 플레이어들의 눈앞에 펼쳐놓고자 했어요. 시와는 그 완벽한 예시죠. 진흙 벽돌로 만든 작은 집들과 눈길을 끄는 신전들, 관개수로와 소금 호수까지 자신만의 매력을 지닌 전통적인 마을이에요."

시니어 콘셉트 아티스트인 마르탱 데샹보는 시와에 대해 이렇게 말한다. "콘셉트 아트워크, 3D 작업, 페인트오버 작업 등 모든 과정에서 시와는 저희가 원하는 모든 걸 갖춘 도시였어요. 어쌔신 크리드 시리즈에서 콘셉트가 완성작까지 그대로 가는 경우는 드물어요. 페인트오버 과정에서 변경되는 경우가 많거든요."

[24~27쪽] 아트워크 – 마르탱 데

바예크의 세계를 제대로 표현하기 위하여
유비소프트 개발 팀은 폭넓은 연구를 진행했고,
이를 바탕으로 고대이집트의 모습을 구상해보았다.
왼쪽의 그림은 마르탱 데샹보가 그린 이집트의
모습이다. 라파엘 라코스트의 말이다. "역사적인
사료나 고대이집트 사회를 주제로 한 다양한
서적을 참고했고, 저희가 직접 찾아낸 자료나
데이터베이스에서도 많은 영감을 받았죠. 수많은
이미지와 정보가 저희만의 아이디어가 되었고,
고대이집트를 제대로 표현해보고자 하는 열망은 더
강해졌어요."

개발 팀은 당시 사람들이 즐겨 입던 의복을
비롯하여 이집트인들의 일상을 정확하게
파악하고자 했다. 라파엘의 말이다. "프랑스
역사학자이자 일러스트레이터인 장 클로드
골뱅의 책에서 가장 큰 영감을 받았습니다.
골뱅은 고대이집트에 대하여 수천 장에 달하는
그림을 그린 바 있죠. 고대사와 역사 복원 분야의
세계적인 전문가이기도 하고요. 그가 지닌 규모에
대한 감각과 역사에 대한 해석은 저희에게 큰
영감이 되었어요. 그를 만나 저희의 작업물과
그림 작품들을 보여주고는 프로젝트에 합류할
것을 제안했어요. 골뱅은 저희도 깜짝 놀랄 만큼
적극적인 반응을 보이더군요. 그의 역사에 대한
접근법과 방대한 지식은 저희 모두에게 큰 도움이
되었어요."

"시와는 이집트 서부 카타라 분지 근방에 위치한 커다란
오아시스입니다. 카타라 분지는 한때 바다였다가 지금은
거대한 사막 분지가 된 곳으로, 높은 절벽에 둘러싸여
있죠. 시와 마을은 대추야자와 올리브 농사로 풍족한
곳입니다. 계곡에는 야자나무가 푸르게 자라고, 농지를
적셔주는 오아시스의 물 덕분에 마을은 번성하죠.
오아시스 북쪽으로는 카타라 분지의 절벽이 높게 솟아있고,
남쪽으로는 검은 산이 펼쳐진 곳입니다." — 라파엘 라코스트

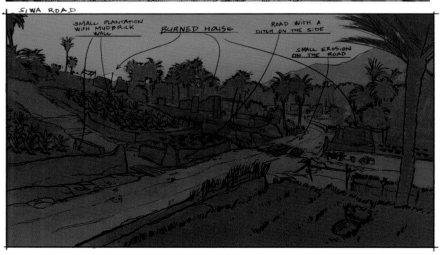

도적들

바예크가 모험을 통하여 깨닫듯, 도적단에 속한 모두가 악랄한 범죄자는 아니다.
그러나 범죄를 서슴지 않는 대부분의 도적들은 그야말로 이집트의 암적인
존재들이다. 이들 도적떼들은 민심을 잃은 프톨레마이오스 왕실군이 점령하고 있는
야무에 큰 타격을 가한다. 도적들은 나이 어린 파라오가 이끄는 왕실군에 비하여 기회
포착에 능하며, 악착같이 달려든다.

여기에 소개된 제프 심슨의 작업물들에서는 도적들의 다양한 면을 볼 수 있다. 제프
심슨의 설명이다. "도적들을 디자인하는 건 어렵지만 재미있는 작업이었어요. 대충
약탈한 갑옷과 무기로 복장을 갖춘 해적들 같이 무질서한 분위기를 내면서도 한
집단으로서 일종의 통일성을 주어야 했거든요. 그래서 '이집트판 〈매드 맥스〉로
가보자'고 생각하며 작업했죠. 이집트에도 로마에도 속하지 않은 느낌을 주기 위해서
녹색과 붉은색을 함께 사용했어요."

다리를 벌린 채 서있는 도적들의 자세는 그들이
언제든 싸울 준비가 되어있음을 보여준다. 도적들의
의복은 거의 기능에만 집중되어있으며, 대부분
낡고 해졌다. 이리저리 조합하여 간신히 갖춰 입은
갑옷 위로 훔친 장신구와 사냥의 전리품 따위를
아무렇게나 장식한 모습 또한 도적들의 특징이다.

한때는 반짝이며 빛났을 이 그리스 투구는 이제 낡고
부서지기는 했지만 도적 두목의 손에 들어오며 한층
위압적인 모습이 되었다. 수많은 전투를 거치며 닳아버린
외관은 남의 시선 따위 신경 쓰지 않는 도적 두목의 성격을
보여준다. 이 투구의 주인이 많은 전투를 뚫고 살아남았다는
사실만으로도 그 존재의 위협성을 여실히 느낄 수 있다.

제 2 장

사막

끝없는 사막

이집트의 자연은 어쌔신 크리드 오리진의 훌륭한 배경이 되어주었다. 라파엘 라코스트의
설명이다. "저희는 이집트의 다양한 풍경과 장소를 조합하여 게임을 위한 독특한 무대를
마련해냈습니다. 시각적 풍부함을 살리면서도 조금은 황량한 느낌을 주기 위하여 거리를
약간 조정하기는 했어요. 플레이어들로 하여금 오리진의 세상을 탐험하는 재미와 보람을
느끼게 해주고 싶었거든요."

"저희 개발 팀의 목표는 다큐멘터리처럼 정확히 똑같은 배경을 만들어내는 게
아니었어요. 이집트의 자연이 지닌 날것 그대로의 아름다움, 그것이 불러일으키는
다양한 감정과 느낌을 모아 다채로운 풍경의 집합을 만들어내고 싶었죠. 나일 강 유역의
다양하고 풍부한 동식물과 대비되는 모습을 위하여 고요한 달의 표면 같은 하얀 사막,
카타라 분지, 검은 산, 위험이 도사리고 있는 적막한 공간의 모습을 다시 창조해냈죠.
플레이어들은 새로운 캐릭터의 능력에 힘입어 높은 절벽이나 산에 올라 어쌔신 크리드
시리즈 최대 규모를 자랑하는 게임 세계를 아찔하게 내려다보며 즐길 수 있습니다."

동굴과 은신처들

게임 속에서 바예크는 사막 구석구석을 탐험하며 보물을 찾고 미스터리를 해결하며 동료들을 만든다. 이 쪽에서는 바예크의 모험의 배경이 되는 사막을 그린 마르탱 데샹보(위, 오른쪽 위)와 질 벨로에이(오른쪽)의 작품들을 볼 수 있다. 마르탱은 창작 과정에 대해 이렇게 설명한다. "도적 소굴의 배경이 될 만한 아트워크를 몇 개 작업했어요. 동굴 콘셉트, 이를테면 물방울 모양의 입구 같은 것은 사막을 그린 흑백 스케치에서 따왔죠."

장소 선정에 대한 라파엘 라코스트의 설명이다. "역사적 중요성을 지닌 장소를 선정하기도 했지만, 시각적인 다채로움이나 지리적 다양성 또한 고려했어요. 배경이 이집트인 만큼 알렉산드리아나 피라미드, 멤피스는 빠질 수 없었죠. 여기에 시와나 토니스같이 전혀 다른 분위기나 강렬한 테마를 지닌 장소도 넣어서 다양성을 보여주고 싶었어요. 또한 역사적으로 유명한 장소와 아티스트들이 아름답게 창조해낸 환경과 분위기를 함께 활용하여 어쌔신 크리드만의 독특하면서도 인상적인 톤을 만들고 플레이어들에게 감동을 주고자 했습니다."

"여기에 소개된 아트워크들은 사막 산지에 숨겨진 도둑들의 소굴을 그린 것입니다. 눈에 띄지 않는 곳에 감시탑이 설치된 모습을 볼 수 있죠. 작업에 착수하기 전 실제 산악 가옥들의 모습과 건축에 사용하는 재료들을 살펴보았는데, 돌로 벽을 쌓고 나무 지붕을 얹는 둥근 형태의 가옥을 보고 영감을 받았습니다. 콘셉트 작업에서는 이들이 그림자에 숨어 지내는 모적이라는 설정에 맞추어 조명을 조절했고요."
[오른쪽 중간] "사막의 작은 오아시스에 도달하는 두 인물을 그린 일종의 탐사 스케치입니다."
— 마르탱 데샹보
"리비아 고원에서 시나이까지 서쪽에서 동쪽으로, 나일 계곡에서 파이윰까지 북쪽에서 남쪽으로, 몇 번이나 3D 작업을 반복하며 그야말로 풍경을 빚어내는 작업을 했습니다." — 라파엘 라코스트

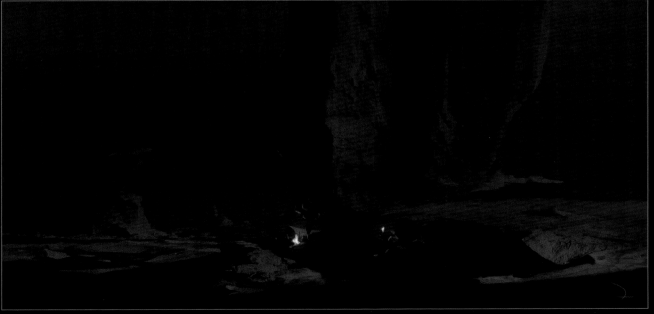

하얀 사막

마르탱 데샹보는 여기에 소개된 네 작품에 영감을 준 요소를 이렇게 설명한다. "하얀 사막의 암석 구조와 모양은 아주 흥미로워요. 암석 모양뿐 아니라 오묘한 색감 또한 관심을 끌었죠. 전반적인 주변 색이 풍경의 색감에 주는 영향 또한 흥미로웠어요. 왼쪽의 세 아트워크는 시간의 흐름에 따라 암석의 색깔이 변화하는 모습을 표현하고 있어요. 석양 나절에는 암석이 붉게 물들고 그림자는 푸른빛을 띠게 되죠. 빛이 암석의 모양에 주는 변화를 표현하는 작업도 재미있었어요. 하룻밤 쉬어갈 야영지로도 적합한 느낌을 주는 장소입니다."

라파엘 라코스트의 말이다. "하얀 사막의 일출을 그린 위의 작품은 저희가 작업한 사막 배경 중에서도 손에 꼽을 정도로 아름답습니다. 하늘의 빛깔이 하얀 풍경에 거의 그대로 투영되는 모습이죠. 빛과 시간에 반응하는 풍경의 모습과 그 분위기가 환상적으로 느껴집니다."

"바예크는 피 묻은 낙타 발자국을 남기며
끝없이 펼쳐진 사막의 모래 위를 걸어갑니다."

[40~41쪽, 왼쪽 위, 오른쪽 아래] 아트워크 – 라파엘 라코스트
[왼쪽 아래] 아트워크 – 마르탱 데샹보

검은 사막

콘셉트 아티스트들은 단순히 역사책 속의 그림을 연구하고 풍경 사진을
똑같이 그려내는 일을 하는 사람들이 아니다. 만약 배경을 그런 식으로
만들어낸다면 작업 자체가 지루할 것은 물론이고, 사실적이고 몰입도 있는
게임을 만들어낼 수도 없을 것이다. 어쌔신 크리드에 등장하는 세계와
그 안에서 펼쳐지는 드라마틱한 장면들은 플레이어들에게 깊은 감동을
심어주기 위하여 아티스트들이 세심하게 만들어낸 작품들이다.

라파엘 라코스트의 말이다. "검은 사막의 아름다움은 사막의 눈부신 모래와
어두운 흑요석이 보이는 강렬한 대비에서 찾을 수 있습니다. 게임에 등장하는
다른 사막들과 흥미로운 차별점을 두기 위해서 많이 연구하고 직접 콘셉트
작업을 진행했죠. 다른 행성 같은, 이를테면 달 표면 같은 신비로운 분위기를
내고 싶었어요."

"모험의 대서사시라는 느낌을 주기 위해서 지형을
더 깊고 높게 과장하여 표현해봤어요. 그 결과
언덕이나 산 뒤에 숨겨진 장소가 많은 흥미로운
세계를 창조할 수 있었고, 새로운 장소와 풍경,
도시를 만들 수 있었죠. 오리진의 세계에는
플레이어들이 발견할 수 있는 새로운 장소가
가득합니다." — 라파엘 라코스트 [모든 그림]

시간의 흐름

마르탱 데샹보의 작업은 게임 내에서 하루의 시간적 흐름을 보여준다. "시간의 흐름은
매우 중요한 요소입니다. 플레이어가 월드 내 어디에 있는지에 따라 빛과 색감이
달라져야 하죠. 주요 시간대별로 최상의 색감을 내고자 노력했어요. 참고한 석양
이미지만 해도 수천 장에 달하죠. 장소에 가장 잘 어울리는 것으로 고르고 시간의 흐름을
표현했습니다. 게임 내 위치에 따라 각각 다른 분위기를 내고자 했어요."

[왼쪽, 오른쪽 위] 아트워크 — 라파엘 라코스트
[오른쪽 아래, 50~51쪽] 아트워크 — 마르탱 데샹보

전투 코끼리

마르탱 데샹보는 이 쪽에 실린 환상적인 작품들에 대해 다음과 같이 설명한다. "어쌔신 크리드 오리진에서는 각각 다른 위치에서 진행되는 보스전에 총 네 마리의 전투 코끼리가 출현합니다. 모두 특징이 다르죠. 오른쪽 그림에서 보이는 코끼리는 리비아 고원의 오래된 유적에 주둔하고 있는 로마군의 전투 코끼리입니다. 위 그림에서는 하얀 사막에 있는 도적들의 캠프를 볼 수 있죠. 전투 코끼리의 스타일을 구상하며 그린 아래 스케치에서도 나타나듯, 각각의 코끼리는 멀리서도 구분이 되도록 형태에 변화를 주어 표현했어요."

[오른쪽] "전투 코끼리에 맞서 싸우는 바예크의 모습을 그린 핵심적인 작품입니다. 코끼리에 대한 콘셉트 작업을 할 때는 우선 흑백으로 실루엣을 그렸어요. 그렇게 해야 완성 버전에서 코끼리의 자세를 역동적으로 나타낼 수 있거든요."
— 마르탱 데샹보

제 3 장

알렉산드리아

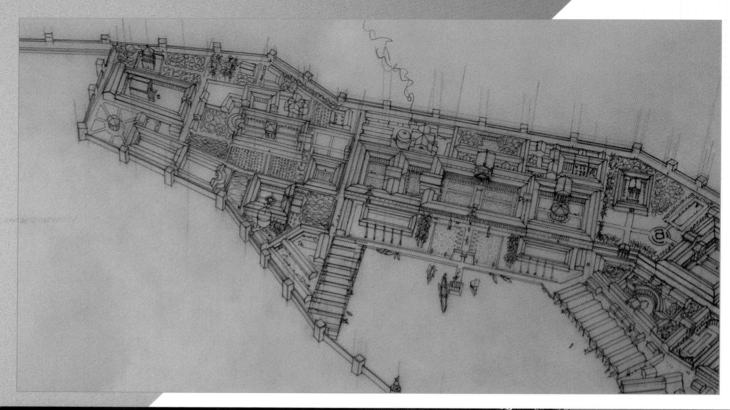

"개발 초기가 늘 가장 신나고 흥분돼요.
도시가 주는 날것 그대로의 영감이
창의적인 탐험을 위한 수백만 가지 길을
열어줍니다."

알렉산드리아

어쌔신 크리드 오리진 개발 팀은 이집트의 끝없는 야생과 자연을 배경 삼는 것도 모자라 서양 문명 최고로 꼽히는 도시들을 무대로 활용하는 호사를 누렸다. 이에 대해 라파엘 라코스트는 이렇게 설명한다. "알렉산드리아는 권력과 저항의 도시이자 당대 최고의 문화적 다양성을 자랑하는 도시였습니다. 알렉산드리아의 그리스·로마 양식 건축물들은 아름답기도 하지만, 어딘가 베일에 싸인 듯한 신비로운 분위기를 주기도 했어요."

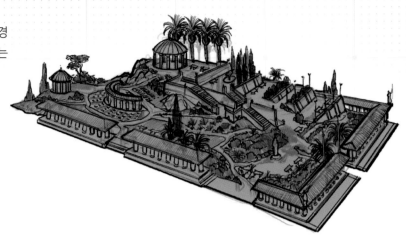

"조사 중 알게 된 일부 사실은 정말 흥미로웠습니다. 일례로 우리는 대개 피라미드와 클레오파트라가 그저 모두 비슷한 시기에 속한다고 생각하지만, 실제로 대피라미드가 건설된 시기와 클레오파트라 7세가 살았던 시대의 시간적 차이는 현재 우리가 살고 있는 시대와 클레오파트라 시대의 간격보다 더 컸죠. 알렉산드리아는 거대한 도시였고, 클레오파트라가 기거하던 왕궁이 있는 프톨레마이오스왕조의 도시이기도 했습니다. 120미터 높이의 파로스 등대는 당대의 마천루로 손색이 없었죠. 알렉산드리아의 등대는 독보적인 기술 진보의 상징이자 미래의 상징이었습니다. 등대 내부에는 나선형 오르막이 있어서, 장작을 말에 실어 옮길 수 있었죠.

콘셉트 아티스트들이 알렉산드리아 전체 작업 전 그린 기본적인 흑백 입면도. 알렉산드리아에 대한 구상은 역사학자 장 클로드 골뱅과 함께 진행한 엄청난 연구의 결과로 탄생했다(왼쪽은 골뱅의 작품). 다양한 이야기의 배경이 되어줄 알렉산드리아라는 거대한 도시가 모습을 갖춰가는 모습을 보며 도시의 구조물 사이를 이리저리 누빌 바예크의 모습을 상상하는 것은 즐거운 일이었다. [56~57쪽, 아래] 아트워크 ─ 마르탱 데샹보

알렉산드리아의 대로와 거리

"알렉산드리아의 중심가인 '카노푸스의 길'에는 클레오파트라의 궁전, 알렉산더 대왕의 무덤, 대극장, 세라피스 신전, 대도서관 등 프톨레마이오스왕조 시대의 거대한 건축물들이 모여 있습니다." 라파엘 라코스트의 설명이다. 바로 위의 그림은 질 벨로에이가 그린 카노푸스의 길이다. "장대한 건축물들이 위용을 자랑하며 줄지어 서있는 이 거리는 어쌔신 크리드 시리즈 역사상 가장 아름다운 거리입니다."

"저희는 다른 게임에서는 찾아볼 수 없는 장엄한 고대 도시의 모습으로 플레이어들을 깜짝 놀라게 하고 싶었어요. 게임에 등장하는 가난한 마을들과 대조되는 모습도 보이고 싶었고요. 물론 그런 작은 마을도 나름이 매력이 넘치죠." — 라파엘 라코스트

"알렉산드리아의 건축물들을 표현하는 건 결코 쉽지 않은 작업이었어요." 오른쪽과 맨 위의 그림을 그린 시니어 콘셉트 아티스트 마르탱 데샹보의 말이다. "실제 건물들에 대한 정보를 모으고 참고 자료 또한 많이 보았지만, 더 아름다운 모습으로 구현하기 위하여 다양한 형태와 색감을 사용하기로 결정했습니다."

"거리의 모습을 구성하는 작업에서는 실루엣과 형태가 중요해요. 저희는 아래 그림에서도 볼 수 있듯 콘셉트
작업을 하며 일부 건물에 차양을 친 발코니와 아치를 더하기로 결정했는데, 이는 사실 고증 측면에서는
맞지 않습니다. 배경을 더 아름답고 흥미롭게 만들기 위하여 이런 결정을 내리는 경우가 종종 있죠. 어쌔신

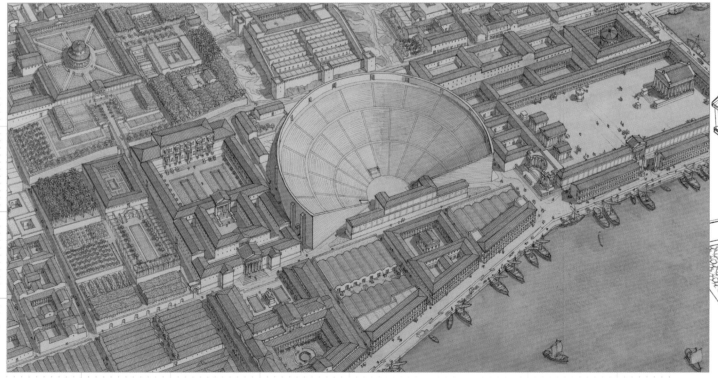

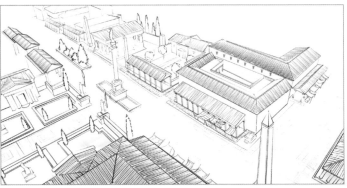

거리의 생활

마르탱 데샹보는 알렉산드리아 거리를 표현한 아트워크에 대해 이렇게 설명한다. "장 클로드 골뱅의 아름다운 그림(왼쪽 아래)을 보니 저희 콘셉트 아티스트들도 라인 아트 작업을 해봐야겠다는 생각이 들었어요(오른쪽 위, 오른쪽 아래 그림). 선으로만 구성된 라인 아트의 특성 덕에 조명이나 질감, 소품이나 캐릭터에 가리지 않은 건축물 자체의 정보가 잘 드러나서 3D 팀에게 많은 도움이 됐죠."

[왼쪽 위] 아트워크 – 질 벨로에이

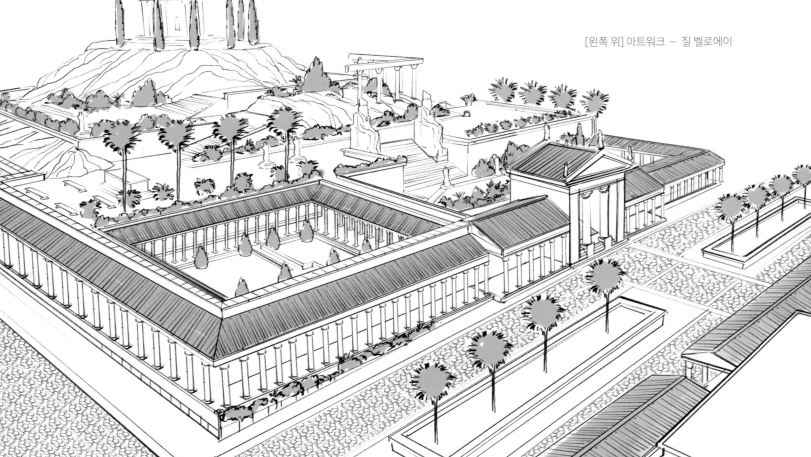

수백, 수천 년 전 인류의 기억에서 사라진 고대 알렉산드리아의 지평선을 복원하는 일은 오리진 개발 팀에게도 매우 흥분되는 일이었다. 여기에 소개된 마르탱 데샹보의 작품에서는 당시 가장 유명했던 건축물들을 찾아볼 수 있다.

대도서관

라파엘 라코스트는 게임에 등장하는 알렉산드리아에 대하여 이렇게 설명한다.
"저희는 플레이어들이 도시 곳곳에 숨겨진 장소에 접근할 수 있게 하기로 결정했어요.
고대이집트의 장엄함과 풍요로움, 신비로움을 느끼게 하기 위한 것이었죠. 저희는
늘 역사와 게임 사이에 연결점을 만듦으로써 도시 자체를 탐험하는 즐거움과 게임을
플레이하는 즐거움 사이의 균형을 맞추고자 했습니다."

게임 내에서 알렉산드리아 대도서관은 퍼즐이 등장하는 장소 중 하나다. 도서관 지하에는
바예크가 시로 된 암호를 풀어야만 들어갈 수 있는 성스러운 비밀 장소가 숨겨져 있다.
이 비밀 장소의 존재를 아는 이는 거의 없다. 벽마다 빼곡히 쌓인 학자들의 문서와 그림,
바닥에 뒹구는 술병들, 파피루스 두루마리와 지도 더미 위에 놓인 무기류가 눈에 띄는
이곳은 지식의 성전이다. 콘셉트 노트에서는 이 장소를 음모에 대한 환상과 숨겨진
진실이 꽃피는 곳, '고대의 분위기가 물씬 풍기는 곳'으로 묘사했다.

알렉산드리아의 지식인들은 자신들이 딛고
있는 발아래의 공간에 이 세상의 존재와 질서를
송두리째 바꿔놓을 지식이 묻혀있다는 사실을
전혀 모르고 있었다.
[66~67쪽] 아트워크 – 라파엘 라코스트
[왼쪽] 아트워크 – 마르탱 데샹보
[위] 아트워크 – 라파엘 데랑드

[위, 왼쪽] 장 클로드 골뱅이 그린 알렉산드리아(위)와 유명한
파로스 등대(왼쪽)의 모습. 오리진의 개발자들은 플레이어들로
하여금 역사 속으로 걸어 들어가는 느낌이 나는 생생한 배경을
만들고자 했다. 그러기 위해서는 몰입이 가능한 분위기를
만들면서 고증에도 신경 쓰는 것이 중요하다. 오리진 팀은
역사학자와의 협력을 통하여 플레이어들이 실제라고 믿을 만한
시공간을 창조해낼 수 있었다.

유비소프트의 콘셉트 아티스트들은 고대이집트에 대한 장 클로드 골뱅의 방대한 연구 덕분에 각 장면에 넣어야 할 물건과
그 용도까지도 자세히 파악할 수 있었다. 선명한 색채와 분위기는 배경에 생명력을 불어넣었다.

장 클로드 골뱅과의 협업에 대한 라파엘 라코스트의 말이다. "장 클로드는 오리진 제작 준비 과정에서 쉰 개가 넘는 스케치와 수채화를
그려냈습니다. 저희는 그가 그린 그림을 바탕으로 알렉산드리아, 레토폴리스, 시와, 크로코딜로폴리스, 헤라클레이온 등을 구현해낼 수
있었죠. 장 클로드는 각각의 장소에 대한 설명이나 당시 시민들의 생활상 등을 자세히 적어주기도 했어요. 역사적 지식뿐 아니라 어떤
장소를 복원하고자 할 때 갖춰야 할 예술적 해석이나 견해 또한 갖추고 있었죠."

아야

아야 또한 바예크와 마찬가지로 아들의 원수를 갚고 이집트의 민중을 자유롭게 하겠다는 결의에 불타는 인물이지만, 바예크보다 훨씬 저돌적인 면을 보인다.

천성적으로 거칠고 본능적인 면을 지닌 아야지만, 냉철한 판단력과 지력을 바탕으로 클레오파트라의 측근이 된다. 둘은 각자가 원하는 것을 단도직입적으로 말하고, 아야는 왕실의 지원을 받는 클레오파트라의 친위대로 활동하면서도 대담하고 당당한 태도를 잃지 않는다. 아야는 클레오파트라의 비밀스러운 일들을 처리해주는 대가로 프톨레마이오스 13세의 수하에 있는 악당들을 물리치는 데 도움을 받고 아들을 죽인 자들에게 한 걸음씩 접근해간다.

아야의 눈빛에 드러나는 슬픔과 결의는 그녀가 아이를 잃은 엄마임을 느끼게 한다. 라파엘 라코스트는 아야에 대해 이렇게 말한다. "아야는 용맹한 여성 캐릭터예요. 그 저돌적인 성격과 카리스마적인 아름다움을 생생히 표현하여 플레이어들에게 강한 인상을 남기고 싶었습니다. 아야만의 독특한 색깔을 살리고자 다양한 머리 모양과 얼굴, 의상을 시도해보았죠."

[위] 페인트오버 ─ 제프 심슨, 라파엘 라코스트
[오른쪽] 아트워크 ─ 뱅상 가이노

프톨레마이오스 13세

테오스 필로파토르 프톨레마이오스 13세는 이집트 제국을 다스릴 힘도 카리스마도 없는 소년 왕이다. 프톨레마이오스 13세가 포티누스라는 섭정을 두었다는 역사상의 기록을 바탕으로, 오리진의 스토리 팀은 신비의 지식을 얻고자 어린 파라오를 뒤에서 조종하는 고대 결사단의 존재를 등장시켰다.

제프 심슨은 왼쪽 그림에 대해 이렇게 설명한다. "프톨레마이오스는 몸에 맞지도 않는 우스꽝스러운 큰 옷을 입고 본인이 왕이라고 생각하는 어린아이입니다. 딱 봐도 오래 살기는 힘들겠다는 게 느껴지죠. 영웅보다는 악당을 디자인하는 게 늘 더 재미있어요. 이집트 왕실 풍의 복장을 만들 때는 너무 유치하지 않게 디자인하는 게 참 어려워요."

[위] 아트워크 – 마르탱 데샹보

마르탱 데샹보가 그린 이 작품 안에서 숭배자들은
신의 대리인인 열다섯 살의 소년 파라오에게
경외심을 보인다. 그러나 프톨레마이오스 13세의 등
뒤 어둠 속에는 소년 왕을 조종하여 폭정을 부추겼을
인물들이 앉아있다. 여기에는 바예크에게 '하마'라는
이름으로 알려진 유도로스, '전갈'로 알려진
포티누스, '자칼'로 알려진 셉티미우스, '왜가리'로
알려진 루드젝, '따오기'로 알려진 메두나문이
포함되어 있다.

필라키타이

왕가의 휘장을 두른 치안대원들은 명령에 절대복종하여 일사분란하게 움직이는 존재다. 이들은 늘 아무 감정 없이 자신의 임무만을 수행한다. 진홍색을 테마로 한 의상은 가는 곳마다 피를 몰고 다니는 이들의 명성에 어울리고, 무표정한 가면은 눈앞의 죽음조차도 공적인 업무로 보는 이들의 특징을 보여준다. 그러다 보니 당연히 치안대는 사람들에게 공포의 대상이다.

여기에 소개된 그림들을 작업한 제프 심슨은 필라키타이에 대하여 이렇게 설명한다. "프톨레마이오스는 북쪽 지역의 갈리아인이나 다른 '야만족' 전사들을 고용하여 자신의 군대에서 싸우게 했습니다. 바지를 입고 수염을 덥수룩하게 기른 싸움꾼들이 어느 날 갑자기 사막 한가운데서 외국 왕을 위해 싸운다니 생각해보면 정말 생뚱한 일이죠. 아마 이런 용병들에게는 돈을 정말 많이 줬을 거예요."

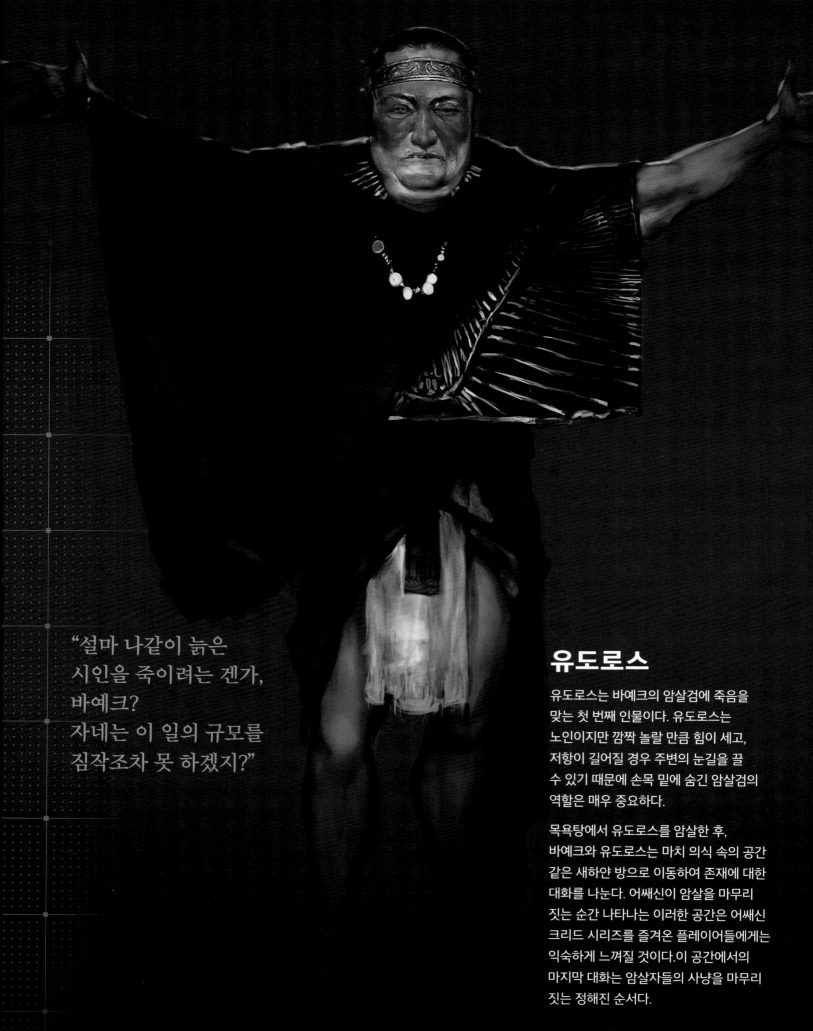

"설마 나같이 늙은
시인을 죽이려는 겐가,
바예크?
자네는 이 일의 규모를
짐작조차 못 하겠지?"

유도로스

유도로스는 바예크의 암살검에 죽음을
맞는 첫 번째 인물이다. 유도로스는
노인이지만 깜짝 놀랄 만큼 힘이 세고,
저항이 길어질 경우 주변의 눈길을 끌
수 있기 때문에 손목 밑에 숨긴 암살검의
역할은 매우 중요하다.

목욕탕에서 유도로스를 암살한 후,
바예크와 유도로스는 마치 의식 속의 공간
같은 새하얀 방으로 이동하여 존재에 대한
대화를 나눈다. 어쌔신이 암살을 마무리
짓는 순간 나타나는 이러한 공간은 어쌔신
크리드 시리즈를 즐겨온 플레이어들에게는
익숙하게 느껴질 것이다. 이 공간에서의
마지막 대화는 암살자들의 사냥을 마무리
짓는 정해진 순서다.

포티누스

실제 역사에서 포티누스는 프톨레마이오스 13세의
가까운 측근이자 참모였다. 게임에서는 이야기의 전개상
클레오파트라를 배신했다는 설정과 바예크와 아야가 겪는
비극의 원흉이라는 설정을 넣었다. 결과적으로 포티누스는
바예크와 아야로 하여금 거대한 음모에 휘말리게 하는 계기가
되는 인물이다.

제프 심슨은 위에 실린 포티누스의 그림에 대하여 이렇게
말한다. "이마를 표현하느라 정말 오래 걸렸어요. 배우 레이
윈스턴을 생각하며 그렸죠. 그리스식 복장은 주름과 접히는
부분이 많아서 사실적으로 그리기가 정말 힘들어요(물론 3D
모델링은 더 힘들겠지만 말이죠)."

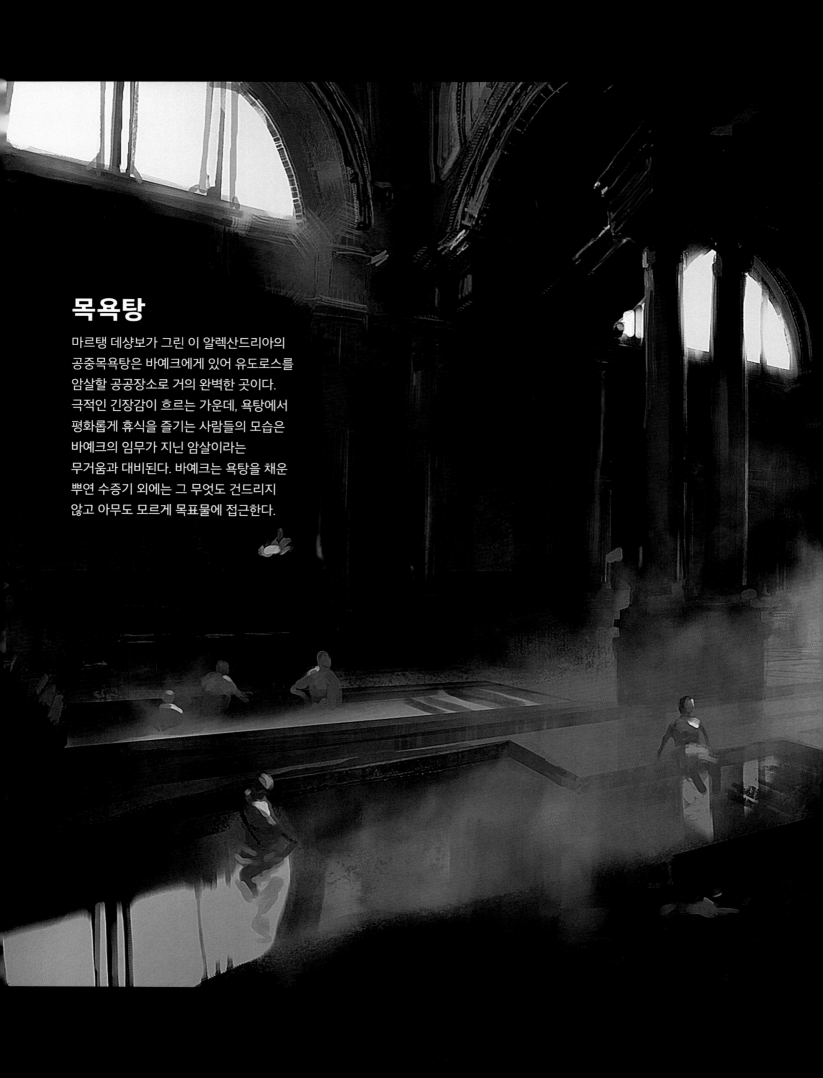

목욕탕

마르탱 데샹보가 그린 이 알렉산드리아의
공중목욕탕은 바예크에게 있어 유도로스를
암살할 공공장소로 거의 완벽한 곳이다.
극적인 긴장감이 흐르는 가운데, 욕탕에서
평화롭게 휴식을 즐기는 사람들의 모습은
바예크의 임무가 지닌 암살이라는
무거움과 대비된다. 바예크는 욕탕을 채운
뿌연 수증기 외에는 그 무엇도 건드리지
않고 아무도 모르게 목표물에 접근한다.

줄리어스 시저

이 쪽을 꽉 채운 마르탱 데샹보의 작품에서는 로마의 가장
유명한 황제 시저의 모습을 찾아볼 수 있다. 게임에서는 시저와
클레오파트라의 관계 또한 다뤄진다. 시저는 클레오파트라를
위하여 각종 임무를 수행하는 아야와 바예크의 모습을 보고,
공통의 적인 포티누스를 찾는 것을 돕는다. 게임 속에서 시저는
알렉산더 대왕의 무덤에도 관심을 보인다.

유비소프트 몬트리올의 오리진 개발 팀은 시저의 목적이 단순히
군사적인 것이 아닌 좀 더 신비스러운 일에 있다는 설정으로
줄거리에 흥미를 더한다. 시저는 바예크와 아야에게 알렉산더
대왕이 이집트에 왔을 때 가장 처음 방문했던 시와에 대하여

더 알려달라고 한다. 게임 속 시저는 매력적이고 호기심 넘치는
인물이지만, 한편으로는 늘 결과를 염두에 두고 움직이는 차갑고
계산적인 인물이다.

알렉산더의 무덤에 들어간 시저는 영적인 감흥을 느끼지만,
그곳에서 발견한 것에 손을 대지 않기로 결정한다. 시저는
프톨레마이오스를 죽이는 대신 조심스럽게 풀어 돌려보내 주며,
나일 강 전투가 일어나기까지 일련의 과정에서도 신중한 움직임을
보인다. 시저는 가장 큰 적인 셉티미우스마저 암살의 위기에서
구하고 로마로 돌려보내 재판을 받게 한다.

뱅상 가이노가 그린 그림 속 줄리어스 시저는 로마 장군의 복장을 갖춘 근엄한 모습이다. 손을 허리에 얹은 당당한 자세는 의지가 굳고 남을 곧잘 비판적인 시선으로 보곤 하는 그의 성향을 드러낸다. 오리진의 이야기 속에서 시저는 기대 그대로의 모습을 보여준다.

플라비우스 메텔루스

게임에서 플라비우스는 시저를 이용해 계략을 꾸미는 단순한 음모가라기보다, 자신이 생각하는 로마의 이익에 철저히 부합하는 방향으로 움직이는 인물이다. 플라비우스는 역사 속 인물이 아닌 게임을 위하여 창조된 캐릭터이며, 눈에 띄지 않는 음지에 머무르는 것을 선호한다. 늘 위엄을 한껏 실은 진부한 어조로 말하며, 자신의 행동에 잘못이 있을 수 있다는 생각은 추호도 하지 않는다. 통치를 위해서라면 인간으로서 최소한의 양심도 저버린 채 살인마저 일삼는 인물로 이집트에 대한 경멸을 드러내며 본인의 신념에 따라 해야 한다고 믿는 일들을 해나간다. 플라비우스는 갑주를 입은 로마 그 자체로, 사자 머리를 양각으로 새긴 브로치와 금으로 화려하게 장식한 칼집을 차고 있다. 한편으로는 이집트인들의 영혼을 말살하는 데 실패한 로마의 모습을 상징하는 인물이며, 플레이어들은 게임 속 바예크와 아야의 이야기를 통하여 이집트와 로마의 대립을 생생하게 느끼게 된다.

"기본적으로 노련한 로마 군인을 표현하고자 했어요. 전장에서 오랜 시간을 보낸, 사막의 때가 묻은 느낌을 표현하려 했죠. 한 가지 재밌는 사실은, 지금까지 많은 예술가들이 로마인들의 의상을 붉은색으로 표현했지만 실제 로마인들이 붉은 옷을 입었다는 증거는 없다는 거예요. 근데 저희도 따지고 보니 붉은색으로 하긴 했네요. 어쨌든 잘 어울리면 된 거죠." —제프 심슨

"셉티미우스는
게임 속에서
이집트의 운명에
결정적인 영향을
미치는 인물입니다."

루시우스 셉티미우스

셉티미우스의 운명에 대해서는 역사상
남아있는 기록이 없다. 그 덕에 유비소프트
몬트리올의 작가들과 콘셉트 아티스트들은
작품 속에서 셉티미우스라는 인물을
더욱 잘 활용할 수 있었다. 게임 속에서
셉티미우스는 시저를 상대로 음모를
꾸미고, 나일 강 전투의 주요 표적이 되는
인물이지만, 무엇보다 바예크와 아야의
아들을 죽인 다섯 명의 가면 쓴 남자 중
한 명이라는 사실이 가장 중요하다. 제프
심슨은 셉티미우스를 설명하며 "갑주만
보면 로마풍이지만, 이집트 왕실풍 문양을
함께 사용하여 로마와 이집트가 섞인
느낌을 주었다"고 말했다.

알렉산더 대왕의 무덤

알렉산더 대왕 무덤의 존재 자체는 각종 사료에 언급되어 있지만,
그 위치는 알려져 있지 않다. 마르탱 데샹보는 알렉산더 대왕의
무덤을 표현한 위의 상상도에서 금으로 조각한 거대한 석관이
일렁이는 촛불에 둘러싸여 빛나는 장엄한 모습을 그려냈다. 게임
속에서 알렉산더 대왕의 무덤은 '최초 문명'과도 연관되어 있다.

게임의 스토리를 흥미롭게 만드는 요소로써 알렉산더 대왕의
무덤은 위대한 왕의 마지막 안식처가 갖춰야 할 모든 것을 갖춘
모습이다. 우리가 투탕카멘의 가면을 보았을 때 느끼는 감탄과
알렉산더 대왕의 전설적인 행적을 합쳐서 생각해보면, 대왕의
무덤에 처음 들어갔을 때 시저와 클레오파트라가 느꼈을 경외심을
짐작할 수 있을 것이다.

알렉산더 대왕의 묘실로 내려가는 계단

석관은 이 부분의 아래에 안치되어 있음

본관으로 들어가는 입구

고대의 비밀을 품은 비문과 신비한 기운이 느껴지는
유물들. 시저는 아야, 바예크와 함께 알렉산더
대왕의 석관을 마주하고 서있다. 대화에 열중한
주인공들은 어둠 속에서 지켜보고 있는 음모자들의
존재를 알아채지 못한다. 이 부분에서 게임의
스토리는 전환점을 맞는다.

클레오파트라

클레오파트라 7세에 대해서는 미모 자체가 월등히 뛰어났다기보다는 지력과 매력으로 사람을 끌었다는 평가가 많다. 라파엘 라코스트가 그린 궁 안의 클레오파트라(왼쪽)와 마르탱 데샹보가 그린 왕실 유람선 위의 클레오파트라(오른쪽 아래)는 왕족다운 품위와 빠른 판단력을 갖춘 단호하고 강인한 젊은 여성으로서의 그녀를 보여준다.

게임의 스토리가 진행되며 아야는 클레오파트라와 가까워진다. 이는 클레오파트라의 정치적인 목적에 따른 행동이기도 하다. 클레오파트라는 자신의 욕망을 스스럼없이 드러냈지만 한편으로는 백성의 존경을 받는 지도자였으며, 우리는 오리진에서 클레오파트라의 카리스마와 매력을 제대로 표현하고자 했다.

젊은 여왕의 모습을 그린 뱅상 가이노의 초상화
(왼쪽, 바로 아래) 속 클레오파트라에게서는 마치
다른 세상에서 온 여신과도 같은 분위기가 느껴진다.
당시 클레오파트라는 실제 여신으로 숭배받았을
가능성이 높다. 그녀는 종종 화려한 연출로 자신과
신을 연관 지으며 대중의 마음을 사로잡고 권력을
강화했다고 알려져 있다.

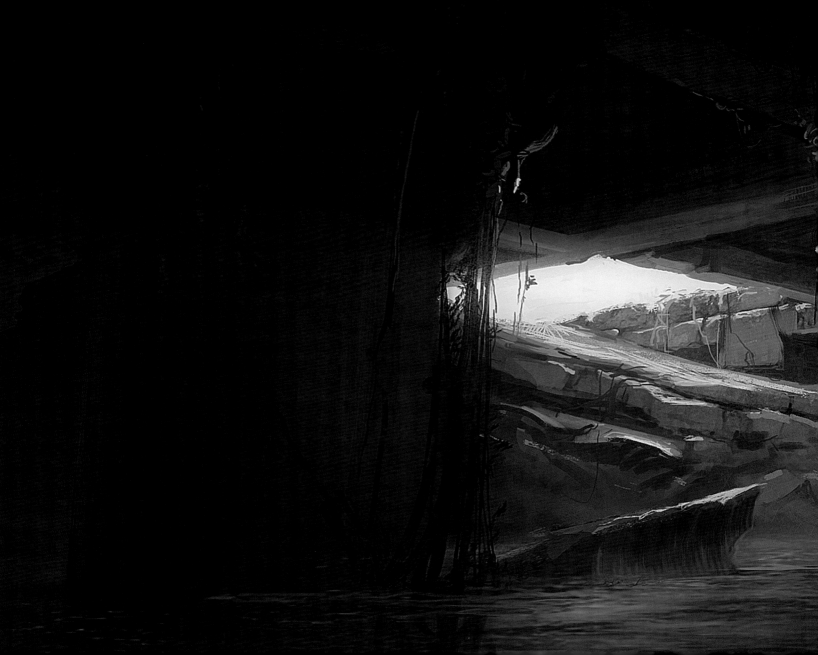

수로

고대이집트의 기술은 비할 곳이 없을 만큼 뛰어났다. 강물을 끌어오는 데 사용했던 이러한 수로를 보면 당시의 이집트인들이 파라오를 신이라 믿었던 이유를 알 수 있다. 나일 강에서 알렉산드리아까지 연결된 70여킬로미터 길이의 수로는 프톨레마이오스 1세(기원전 367~283년 혹은 282년)가 집권하던 시기에 축조된 것으로 알려져 있다.

게임상에서 이 수로는 정상적인 길로는 접근하지 못하는 장소에 들어갈 수 있는 통로가 되어준다. 디자이너들은 물의 탁한 색감을 활용하여 다양한 분위기와 속도감을 연출할 수 있었고, 플레이어들이 쉽게 짐작할 수 없는 다양한 장치를 고안할 수 있었다. 수로를 따라 이동하다 보면 중요한 대결에 점점 가까워지는 느낌을 받을 수 있다. 쉽게 드러나지 않는 발아래 세상을 탐험하는 것은 플레이어들로 하여금 익숙함을 벗어난 긴장감을 느끼게 한다.

"지하 수로 콘셉트 작업을 진행하며 처음에는 아치형 구조를 넣었어요. 하지만 당시에는 아치형 구조가 사용되지 않았다는 것을 나중에 알게 됐죠. 다른 방법을 찾아야 했어요. 지하 수로에 대한 커다란 3D 장면을 만들었고, 콘셉트 작업 때와는 다르게 접근했죠. 사실 건축물을 표현할 때는 아치를 사용할 수 있으면 훨씬 수월해요. 저는 3D가 주는 딱딱한 느낌을 부드럽게 만들 수 있도록 페인트오버 작업을 되도록 많이 하는 편이죠."
— 마르탱 데샹보 [모든 그림]

마레오티스 호수

염분 섞인 물을 품은 마레오티스 호수는 알렉산드리아 남쪽에
위치해있다. 고대 가장 위대한 도시 중 하나인 알렉산드리아는
마레오티스 호수와 바다를 가르는 좁은 땅 위에 세워졌다.
여기에 소개한 콘셉트 아트워크에서 마르탱 데샹보는 어두운
밤, 흐린 날, 밝은 아침 등 다양한 시간대에 볼 수 있는 호수의
모습을 표현했다. 호숫가의 요새와 폐허는 바예크에게 몸을
숨길 곳을 제공해준다.

제 4 장

나일 삼각주

다시 만드는 세계

어쌔신 크리드 시리즈의 가장 큰 매력은 역사적 유적과 고대의 폐허, 이제는 책으로만
전해지는 건축물의 모습을 절묘하게 조합하여 게임의 배경이 되는 시공간을 생생하게
재현해낸다는 점이다. 이 작업에 대해 라파엘 라코스트는 이렇게 말한다. "게임의 무대가
되는 세계를 만든다는 건 정말 복잡한 작업이에요. 엄청난 노하우가 필요한 일이고, 경험이
많은 전문가들조차 매 순간 난관에 부딪치는 결코 쉽지 않은 일이죠. 매 순간 선택을 해야
해요. 디자인에서부터 예술, 역사, 시나리오, 모든 측면에서 선택의 연속이죠. 매번 고민하고
선택하지 않으면 제대로 된 세계를 만들 수 없어요. 선택을 모두 마친 후에는 우리가 만든
세계가 아름답고 매력적이면서도 통일성이 있는지 끊임없이 확인해야 하죠."

"플레이어들은 악어나 하마 같은 위험한 동물들이
도사리고 있는 안개 낀 나일 삼각주 지역을 탐험하게
됩니다. 왜가리나 따오기 떼가 날아오르는 장관을
볼 수도 있죠." — 라파엘 라코스트

[접지 앞쪽] 아트워크 — 마르탱 데샹보
[접지] 아트워크 — 라파엘 라코스트
[아래] 아트워크 — 질 벨로에이
[나머지 모든 그림] 아트워크 — 마르탱 데샹보

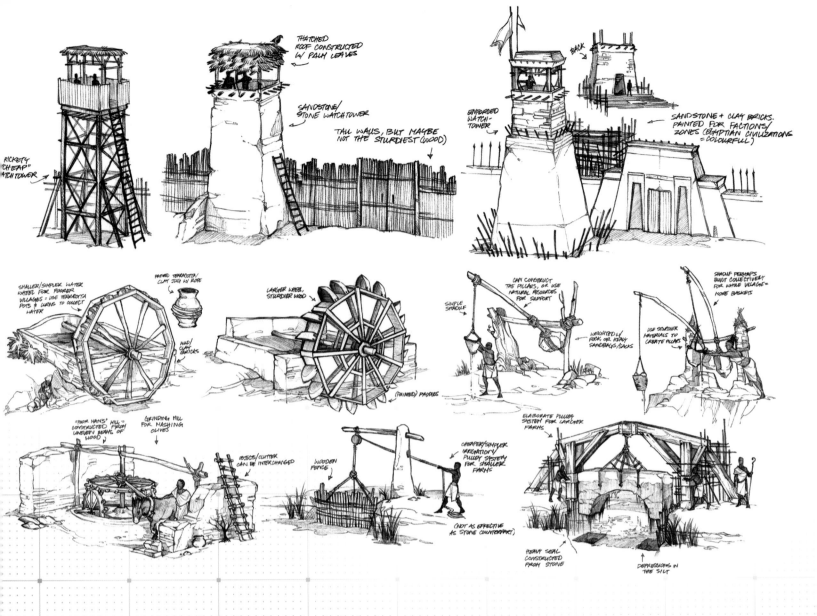

"카노포스 항구는 알렉산드리아가 건설되기 오래전부터 존재해왔고, 그 후로도 오랫동안 항구로서 활발한 기능을 했습니다."

카노포스

주요 무역항인 카노포스는 온갖 소문이 모이는 곳으로, 바예크 또한 이곳에서 아폴로도로스를 만나 유도로스가 남긴 수수께끼 같은 말에 대한 힌트를 얻게 된다. 해적이자 유능한 선장인 폭시다스를 만나는 곳 또한 카노포스다. 바예크의 짧은 카노포스 방문은 스토리의 진행에 있어서도 중요한 역할을 한다.

등장인물들에 대한 라파엘 라코스트의 설명이다. "저희는 주인공을 창조하면서 출신지의 특징을 뚜렷이 드러내기를 원했어요. 다른 캐릭터나 들판 위의 농부들, 거리의 시민들 같이 배경이 되는 인물을 만들 때도 같은 원칙을 세웠죠. 예를 들어 시골에 사는 가난한 이집트인들은 주로 아마를 재배해서 직접 짠 리넨 옷감으로 옷을 만들어 입습니다. 멤피스나 알렉산드리아 같은 대도시에 사는 부자들은 비싼 수입 옷감이나 다양한 색상의 천을 살 수 있었을 테니 화려한 옷을 입었죠."

[위] 콘셉트 아트 팀은 당시의 생활상을 담은 정교한 스케치를 바탕으로 카노포스 지역을 만들어갔다. 역사적으로도 기능적으로도 설득력 있는 각종 장비들과 이러한 장비를 다루는 사람들로 배경을 채우면 텅 비었던 게임 속 장소가 생명력을 얻게 된다.
[왼쪽] 도시를 정교하게 표현한 정밀 묘사
– 장 클로드 골뱅

폭시다스

쾌활한 성격의 폭시다스는 바예크와 아야의 절친한
친구로 아주 심각한 몇몇 임무를 제외하고는 둘의
계획에서 중요한 역할을 한다. 해상 무역 상인이자
해적이기도 한 그는 굳은일에 이골이 난 인물로, 비용만
제대로 지불한다면 꼬치꼬치 캐묻지도 않는 성격이다.

배에서 오랜 세월을 보낸 천생 뱃사람이다 보니
육지 옷차림을 답답하게 느낄 때도 있지만, 다니엘
아타나소브의 콘셉트 아트에서도 볼 수 있듯 격식에
크게 벗어나지 않게 차려 입는다. 바예크와 아야는
왕족과의 연줄이 생긴 후에도 폭시다스와 친하게 지내며
소탈한 모습을 잃지 않는다.

아폴로도로스

상류층 출신이며, 클레오파트라의 측근들 중 높은
위치를 차지하고 있다. 귀족이기는 하나 세상일에 늘
귀를 기울이고 있으며, 폭시다스와도 좋은 친구다.
바예크와 아야의 초반 임무는 거의 아폴로도로스의
지시로 이루어진다.

이 쪽의 아폴로도로스를 그린 콘셉트 아티스트 다니엘
아타나소프의 말이다. "오리엔탈리즘 화풍의 그림들을
보며 색감이나 옷의 소재 등을 참고해요. 장식이 많이
달린 왕실풍의 복장을 그릴 때는 특히 그렇죠. 투구 또한
눈에 띄도록 독특하게 표현하고자 했어요."

클레오파트라 7세 시대 대부분의 이집트인은 먹고살기 위해, 상류층의 사치스러운 생활을 위해 일했다. 그들은 낚시를 하고, 수확을 하고, 밭을 갈며, 가축을 쳤다. 주기적으로 범람하여 땅을 비옥하게 해주는 나일 강 덕분에 강 유역에서는 일 년에 수확을 두 번 할 수 있었다. 위의 그림과 106~107쪽의 그림(마르탱 데샹보), 그리고 오른쪽의 그림(라파엘 라코스트)은 나일 강 유역의 경작 모습을 그린 콘셉트 아트다. 이집트인들은 나일 강을 모든 생명의 원천으로서 숭배했다. 상류층이 벌이는 정치적 음모도, 저 멀리 로마에서부터 불어오는 문화적 변화의 바람도 이집트 백성들의 생활과는 동떨어진 이야기였다. 아야와 바예크가 폭정으로부터 지켜내고 싶어 했던 소중한 이집트인들은 바로 이 백성들이었다.

"이 그림들은 나일 강의 한 지역을 특징적으로 보여줍니다. 저희는 나일 강의 모습을 그리며 몇 가지 주제로 분류하여 콘셉트 작업을 진행했는데, 이 작품들은 비옥한 나일 강 유역을 보여줍니다." — 질 벨로에이

[오른쪽 중간] 아트워크 — 토니 저우쉬
[나머지 모든 이미지] 아트워크 — 광위탄

레토폴리스

비옥한 나일 강 유역과 달리 건조한 레토폴리스는 마르탱 데샹보의 콘셉트 아트에서도 볼 수 있듯 금방이라도 사막에 집어삼켜질 것 같은 위태로운 모습이다. 게임 속의 레토폴리스는 현상금 사냥꾼이자 모험가인 타하카의 끊임없는 노력으로 모래에 파묻히지 않고 있는데, 타하카의 이러한 행동은 이웃 지역인 기자와 사카라에 관련된 고대의 믿음과 연관되어 있을 가능성이 있다.

레토폴리스에 대한 마르탱 데샹보의 설명이다. "레토폴리스 주민들은 끊임없이 밀려드는 모래를 막으려고 발버둥을 칩니다. 주민들의 생활 모습이나 마을에 등장하는 소품들이 이 설정에 잘 맞기를 바랐어요. 진흙 벽돌로 지은 집들은 이미 작업해둔 것이 있었으니, 3D 팀이 모래의 공격을 시각화하는 작업을 돕는 데 집중했습니다. 이미 모래에 묻혀버린 집도 있겠고, 집안을 온통 모래가 점령해버린 집도 있겠죠? 마을 주민들은 어떻게든 남은 것이라도 지키려고 안간힘을 쓰는 모습이고요."

[맨 아래] 어쌔신 크리드 오리진은 플레이어들이 모험에 대한 흥미를 잃지 않고 상상력을 펼칠 수 있도록 다양하고 대조적인 이집트의 모습을 게임에 담았다. 인적이 드문 곳에 있는 이 풍요로운 오아시스는 쉬어가기에 딱 좋은 곳으로 보이지만, 바위 위를 날고 있는 까마귀는 불길한 기운을 전한다. 어떤 위험이 바예크와 아야를 기다리고 있는 걸까?

타하카

암살자로서의 역할에 익숙해져 가고
있던 바예크는 전혀 예상치 못한 곳에서
공격을 받게 된다. 타하카(아트워크
— 뱅상 가이노)는 성실하고 유능한
인물로, 바예크에게 받은 도움에 감사를
표하고자 그를 가족과의 저녁 식사
자리에 초대한다. 바예크는 타하카를
믿지만 결국 큰 위험에 빠지고, 잠시 후
타하카가 현상금 사냥꾼이었다는
사실을 깨닫게 된다.

"디자인 팀은 사라진 도시 토니스를 만들어낼 때
정밀한 등축도를 참고하여 작업했습니다."

토니스

고대이집트인들이 토니스라고 불렀던 사라진 도시 헤라클레이온은 연구자들에
의하여 2013년 다시 발견되었다. 토니스는 약 1200년 전 지중해에 잠긴 것으로
추정되는데, 도시의 흔적이 처음 발견된 것은 2000년경이며 그 후
유럽수중고고학연구소가 본격적인 추적에 들어갔다.

다시 발견된 헤라클레이온은 그야말로 고대이집트에 대한 정보의 보고였고,
유비소프트 몬트리올과 장 클로드 골뱅은 이 도시를 어쌔신 크리드 오리진 내에서
되살려보기로 마음먹었다(위, 오른쪽 그림 – 장 클로드 골뱅). 헤라클레이온은
이집트와 외부 세계 간의 교역이 활발히 이루어지던 무역의 중심지였을 것으로
추정된다. 수중 도시에서는 거대한 붉은 화강암으로 만든 나일 강의 신 하피의
조각상과 신상을 모시는 성궤, 여러 척의 배가 발견되었다.

어쌔신 크리드 오리진

제 5 장

기자와 멤피스

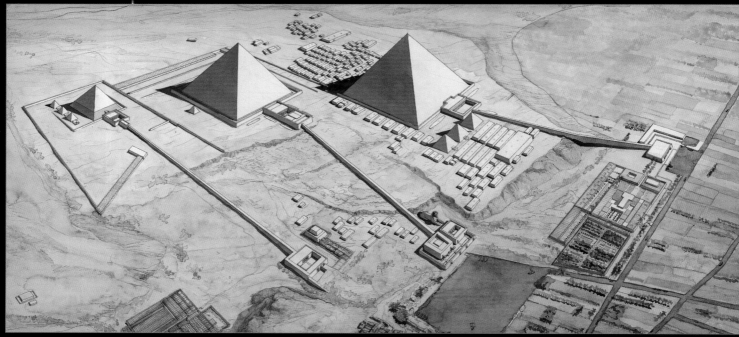

피라미드

기자의 대피라미드는 세계 7대 불가사의 중 하나로, 완성된 순간부터 지금까지 경탄의 대상이 되고 있다. 수십 년에 걸쳐 건설한 이 피라미드는 경이로운 공학의 결정체다. 성경 속 이야기를 주제로 한 일부 할리우드 영화에서는 노예들이 비참한 모습으로 거대한 돌을 자르고 운반해가며 피라미드를 짓는 모습을 그리지만, 이는 역사적으로 알려진 사실과 다르다. 실제로 건축에 동원된 이들은 주로 이집트의 평민이었으며, 파라오는 나일 강이 범람하여 농사를 지을 수 없는 시기에 생계를 유지하기 힘들었던 농민들을 고용하여 피라미드를 만들었다고 한다.

"오른쪽의 아트워크는 딱히 게임에 넣을 배경으로 그린 것은 아니에요. 그저 피라미드를 향해 홀로 걸어가는 바예크의 쓸쓸한 모습을 그려보고 싶었습니다. 가끔은 작업의 틀을 벗어나 보는 것도 좋아요. 홀가분한 마음으로 그림을 그리다 보면 영감이 떠오르기도 하고 다른 아트 작업을 위한 아이디어가 떠오를 때도 있죠." —마르탱 데샹보
[왼쪽 위] 기자 고원 – 장 클로드 골뱅
[왼쪽 아래] 아트워크 – 에디 베넌

"지친 모습의 바예크는
폐허가 된 무덤에서
주변을 경계하며 '하이에나'
칼리세트를 찾아 헤맵니다."

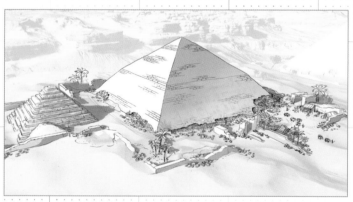

쿠푸 피라미드   카프레 피라미드   멘카우레 피라미드   조세르 피라미드

"바예크는 기원전 2667년에서 2648년 사이에 건축된 것으로 알려진 사카라의 조세르 계단식 피라미드를 탐험합니다."

[왼쪽] 조세르 계단식 피라미드 – 다니엘 아타나소프

고대이집트를 배경으로 하는 모험에서 절대 빠질 수 없는 것이 있다면 바로 유명한 피라미드들이다. 그런 만큼 유비소프트의 콘셉트 아티스트들은 피라미드 연구에 많은 시간과 노력을 쏟았다. 다이애나 칼루지나가 작업한 아래 그림들은 제4왕조의 파라오 스네프루(기원전 2686~2667년)가 건립했던 피라미드를 모델로 하고 있다. 스네프루가 세운 초기 피라미드들은 성공적인 설계로 현재 우리가 알고 있는 피라미드 형태의 기원이 되었다.

붉은 석회암으로 만든 스네프루의 붉은 피라미드는 이후 건립된 피라미드들의 원형이 되었다. 스네프루의 아들 쿠푸(기원전 2575~2566년)는 거대한 석회암 벽돌 230만 개를 쌓아올려 기자의 대피라미드를 건설했다. 쿠푸의 아들인 카프레(기원전 2558~2532년) 또한 아버지의 뒤를 이어 피라미드를 건설했는데, 대피라미드보다 10미터가량 낮은 이 피라미드의 외장용 석회암 일부는 여전히 원형 그대로 보존되어 있다. 스핑크스 또한 카프레의 작품이며, 이집트의 태양신 라-호라크티를 상징하지만 얼굴 부분은 카프레 본인인 것으로 알려져 있다.

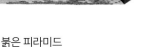
붉은 피라미드

굴절 피라미드

메이둠 피라미드

하와라 피라미드

기자의 피라미드들은 거대하다. 그중에서도 대피라미드는 완성 당시 146미터에
달하는 높이를 뽐냈다. 대피라미드 건설에 사용된 벽돌의 무게는 평균
2.5톤가량인데, 일부 벽돌의 무게는 무려 16톤에 달했다고 한다. 벽돌을 쌓아올린
후에는 석회암 외장으로 표면을 매끈하게 마무리했는데, 때문에 당시의 모습은
오늘날 우리가 보는 울퉁불퉁한 모습과는 달랐을 가능성이 높다.

플레이어들은 바예크를 통하여 2000년 전으로 돌아가 피라미드 내부의 성소와
묘실을 구석구석 탐험할 수 있다. 더 놀라운 것은 이 피라미드들이 바예크가
살았던 시대로부터도 무려 2500년 전에 건설되었다는 점이다. 아마 바예크의
시대를 살던 고고학자들 중에도 일부는 피라미드의 저주를 두려워하고, 일부
파렴치한 이들은 훔쳐낸 보물이나 성물을 비싼 값에 내다 팔았을 수도 있다.
그러나 바예크는 피라미드 내부를 탐험하면서도 본인만의 가치관을 굳게 지킨다.

[122~123쪽] "이 피라미드 건설 장면은 그야말로 장관입니다. 그림 속의 현장은 기자 지역은
아닌데, 협곡 속의 피라미드라는 설정이 아주 흥미롭죠. 이 피라미드는 붉은빛 도는 산에
위치해있는데, 빛을 이런 방식으로 사용한 어느 참고 자료를 보고 영감을 받아 작업했죠."
— 마르탱 데샹보
[오른쪽] 아트워크 — 이반 T 코리타레프
[왼쪽 위] 평범한 사람의 눈높이에서 본 피라미드와 주변 건물들의 모습 — 에디 베넌
[왼쪽 아래] 아트워크 — 다니엘 아타나소프

기자 항구

질 벨로에이의 작품(오른쪽)에서 볼 수 있듯, 파라오의 장제전(funerary temple)에는 나일 강변을 따라 설치된 부잔교(浮棧橋)를 통하여 접근할 수 있었다. 장제전은 대개 왕가의 무덤 근처에 건설했으며, 파라오를 숭배하고 그들의 업적을 기리는 장소로 사용되었다. 시니어 콘셉트 아티스트 질 벨로에이의 설명이다. "장제전의 입구 부분을 디자인할 때는 이곳이 성스럽고 엄숙한 장소라는 걸 염두에 뒀어요. 플레이어들에게도 그러한 감정을 불러일으킬 수 있도록 건축물의 비율 설정에 신경을 썼죠."

고요하고 성스러운 묘소는 게임 내에서 잔인한 학살의 현장이 된다. 바예크는 도적 두목인 '하이에나' 칼리세트를 쫓는다. 바예크를 습격하기 위한 매복을 준비하는 과정에서 칼리세트의 충성스런 '애완동물'들은 사람 몇 명을 공격하여 죽인다. 게임 내에 등장하는 뜻밖의 배경과 예상을 벗어난 상황은 플레이어들에게 강한 인상을 남긴다. 기억과 죽음을 상징하는 피라미드라는 공간은 아이를 잃은 고통이라는 게임의 주제를 다시 한번 상기시킨다. 긴장이 극에 달한 결정적인 순간, 바예크는 상대의 목숨을 빼앗을 것인지 결정해야 한다. 그리고 그 선택으로 인한 결과는 언제나 그랬듯 바예크 자신의 몫으로 남는다.

[위] "오리진 프로젝트에서 가장 처음 작업했던 콘셉트 아트 중 하나입니다. 실존하는 장소는 아니지만, 고대이집트라는 배경에 대하여 많은 영감을 주는 그림이죠. 처음 당시의 건축물이나 도시의 구조를 연구할 때 애니메이션 〈이집트 왕자〉에서 많은 아이디어를 얻었어요."
— 마르탱 데샹보

"바예크는 사람, 동물 할 것 없이
괴롭히는 저주의 진원지를 찾기 위해
조사에 나섭니다."

멤피스

"멤피스는 이집트의 심장이다. 멤피스가 짐을 여왕으로
대해주지 않는다면 대체 누가 나를 여신으로 모시겠는가?"라는
클레오파트라의 말은 이집트에서 멤피스가 차지하는 위치를
한마디로 보여준다. 성스러운 아피스 황소를 기리는 축제 전날
멤피스에 도착한 바예크는 도시가 저주에 휩싸였음을 알게 된다.

마르탱 데샹보는 멤피스를 이렇게 설명한다. "멤피스는 거대한
도시죠. 장엄한 모습을 살리기 위해서 게임 내에서는 스케일을
조금 키웠습니다. 건축물의 모습에 상상을 더하고 스타일을
입히는 연습을 하기에 좋은 작업이었어요. 나중에 좀 더 현실감을
살린 아트워크를 만들 때도 도움이 많이 됐죠. 현실감 있는
배경에도 어느 정도 상상적 요소는 늘 필요하거든요."

멤피스 주민들은 교역의 번성을 기원하며 공예와 기술의 신 프타를 섬겼다.
멤피스의 주요 항구 근처에는 다양한 작업장이 줄지어 있었고, 지역
곳곳에는 식량을 나눠주는 창고가 있었다.
[왼쪽] 아트워크 – 질 벨로에이

기원전 3100년 건설된 멤피스는 본래 '하얀 벽'이라는 의미의
이네브 헤지(Ineb-Hedj)라는 이름으로 불렸다. 이집트 내
교역의 중심지이자 지중해 무역로에 위치해있던 이 도시를
클레오파트라가 그토록 탐냈던 것은 놀라운 일이 아니다.
멤피스는 바예크의 이야기가 시작되기 1000년 전 이집트를
지배했던 전설적인 파라오 투탕카멘의 도시기도 하다.

128~129쪽과 아래의 그림을 보면 건축물들 규모가 키워져 있고,
전체적으로 작가의 상상력에 따라 풍경을 매만진 듯한 느낌이
든다. 작업에 대한 마르탱 데샹보의 말이다. "규모에서는 다른
그림에 비하여 사실적이지만 형태나 구성에서는 여전히 스타일적
요소가 남아있죠. 저는 콘셉트 작업 초기는 스케일과 비율을 어느
정도 과장하여 시작하는 걸 좋아합니다. 개발 과정에서 배경에
사실성을 더하다 보면 스타일적 측면은 어차피 점차 줄어들게
되어있거든요. 처음부터 너무 사실적인 배경을 추구하면 나중에
아트 디렉션을 하며 스타일과 개성을 더하는 게 더 어려워집니다."

[왼쪽] 멤피스 조감도 – 장 클로드 골뱅
[왼쪽 아래] 가끔은 플레이의 재미를 위하여 역사적 정확성을 희생하기도 한다.
마르탱 데샹보의 설명이다. "멤피스에는 수로가 많은데, 저희는 여기에 다리를
놓으면 좋겠다고 생각했어요. 하지만 안타깝게도 당시 고대이집트에는 다리가
없었다는 걸 알게 됐죠. 그래서 저는 참고 자료를 뒤져서 다리의 원형이 되는
구조물을 찾아냈어요. 아마 역사 측면에서 따진다면 틀릴지도 몰라요. 하지만
다리 비슷한 것이 있었다는 설정은 나름 그럴싸하고, 무엇보다 게임을 더
재미있게 만들죠."
[오른쪽 아래] 아트워크 – 라파엘 라코스트

"고요한 자연과 거대하면서도 절제된 고대이집트 건축물의 대비가 주는 아름다움을 표현하고 싶었어요. 거대한 신전의 탑문과 수로, 나무가 우거진 연못에서 날아오르는 따오기 떼, 이러한 장면이 주는 평화로운 감성을 플레이어들에게도 전달하고 싶었죠." — 라파엘 라코스트

[132~133쪽, 왼쪽 아래] 아트워크 — 라파엘 라코스트
[오른쪽 아래] 아트워크 — 마르탱 데샹보

"고요한 자연과 거대하면서도 절제된 고대이집트 건축물의 대비가 주는 아름다움을 표현하고 싶었어요. 거대한 신전의 탑문과 수로, 나무가 우거진 연못에서 날아오르는 따오기 떼, 이러한 장면이 주는 평화로운 감성을 플레이어들에게도 전달하고 싶었죠."

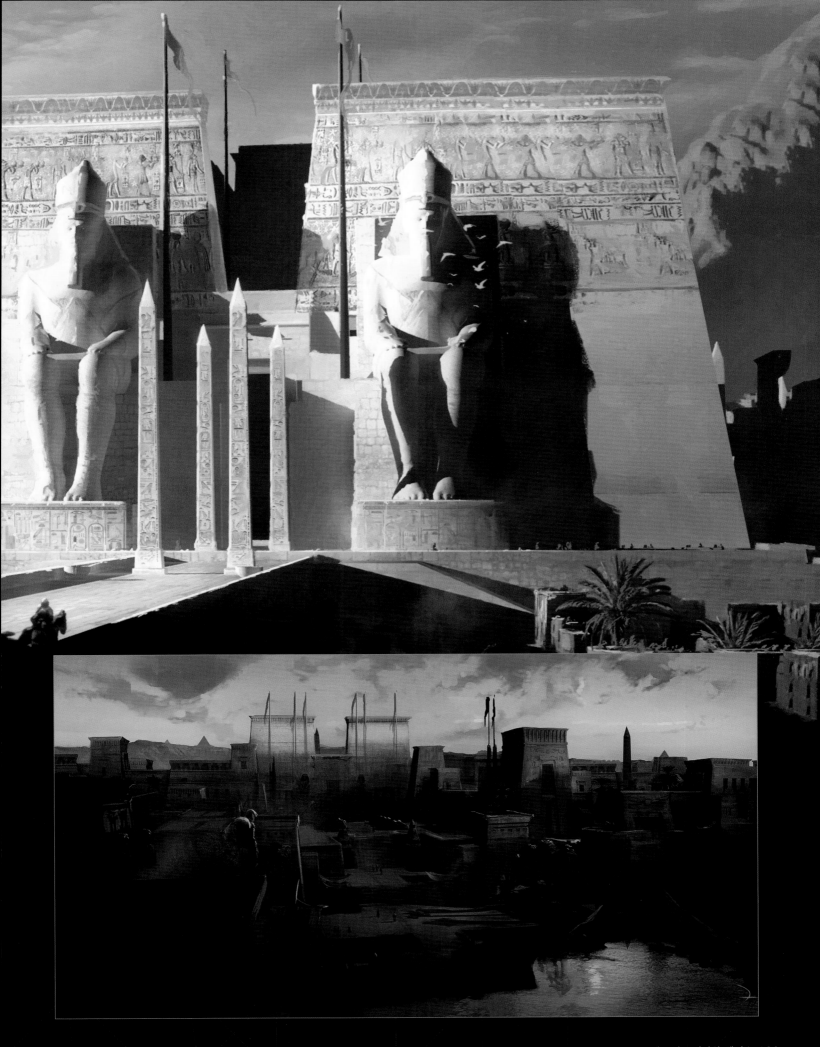

[왼쪽] "이 그림에서는 거대한 스케일의 신전을 볼 수 있습니다. 거대한 신전과 그 앞에 놓인 작은 나무다리의 대비가 흥미롭죠. 단순한 나무다리에도 이런 멋진 배경을 넣을 수 있습니다." — 마르탱 데샹보

[오른쪽 위] "배경에 보이는 거대한 신전의 모습과 길거리에 북적거리는 사람들의 자연스러운 모습이 보이는 대비를 담고 싶었어요. 어쌔신 크리드에서 이러한 콘셉트 아트들은 아주 유용하죠. 게임상에서는 집이나 소품 하나하나의 디테일보다는 도시나 거리가 주는 자연스러운 분위기 자체가 더 중요한 경우가 많아요." — 마르탱 데샹보

[오른쪽 아래] 아트워크 — 마르탱 데샹보

"플레이어들이 재미있게 탐험해볼 수 있는
커다란 미라 제작소를 그려보고 싶었어요. 공간을
커튼으로 나눠보면 좋겠다는 생각이 들었죠.
커튼으로 구획을 나누니 마치 병원 같은 느낌도
났어요. 미라 제작에 사용하던 카노포스 용기 같은
도구들을 배치하자 공간이 완성되었습니다."
— 질 벨로에이

독수리의 시점에서 내려다본 과장된 스케일의 멤피스 모습. 아래는 마르탱 데샹보가 개발 팀에게 대략적인 아이디어를 주고자 프로젝트 초기에 작업한 그림이다. 대개 사람들은 이런 풍경을 보면 건축물의 모습에 감탄하느라 바쁘지만, 암살자들은 목표물에 접근하기 위한 침투 경로를 그려본다. 콘스탄티노플의 갈라타 탑에서 파리의 노트르담 성당까지 역사상 가장 유명한 건축물을 직접 기어오르고 그 내부를 탐험하는 즐거움은 오직 어쌔신 크리드 시리즈 플레이어들만이 할 수 있는 특별한 경험이다. 플레이어들은 내부로 침투하기 위하여 열려있는 창과 비밀 통로, 잠겨있지 않은 문을 찾아다닌다. 그 외에도 멋진 방법으로 탈출을 시도하거나 까마득한 높이에서 뛰어내리는 '신뢰의 도약' 기술도 사용할 수 있다. 독수리가 가는 곳은 어디든 과감하게 갈 수 있다.

칼리세트

바로 위의 그림은 뱅상 가이노가 작업한 '하이에나' 칼리세트의 콘셉트 아트다. 원래 도적들의 우두머리인 칼리세트는 고대 결사단의 활동을 돕다가 바예크의 표적이 된다. 칼리세트는 바예크에게 "선과 악은 흑백으로 나눌 수 없어. 악당도 너나 나 같은 복잡한 인간일 뿐이야"라고 말한다. 이 말은 플레이어들로 하여금 칼리세트를 이해할 수 있도록 돕는다. 사실 칼리세트 또한 바예크와 마찬가지로 어린 자식을 잃었으며, 고대 결사단이 딸을 되살릴 수 있다는 믿음으로 그들을 도운 것이었다. 칼리세트의 사연을 알았다고 모든 게 용서되는 건 아니지만, 적어도 그녀의 행동을 이해할 수는 있게 된다. 바예크는 딸을 잃은 어머니인 칼리세트를 처치해야 할지 결정해야 한다. 칼리세트의 에피소드는 게임의 새로운 전환점이 된다.

타임호텝

왼쪽 그림은 뱅상 가이노가 작업한 프타 대신관의 아내 타임호텝의 콘셉트 아트다. 저주를 뚫고 대신관의 후계자가 될 아들을 낳으려는 타임호텝의 노력은 절박하다. 예언자의 도움으로 꿈속에서 저주를 풀 방법을 알게 되고, 결국 바예크의 도움으로 저주는 풀리게 된다.

클레오파트라는 아야와 바예크에게 아피스 황소 축제를 진행할 수 있도록 성스러운 소가 병든 원인을 찾아내라고 명령한다. 멤피스에 내린 저주에는 나름의 원인이 있었던 것으로 드러나고, 타임호텝과 바예크는 예언자의 천막에서 신비적인 요소를 통해 저주의 첫 실마리를 풀게 된다. 타임호텝에 대한 제프 심슨의 설명이다. "강인함과 우아함을 함께 보여주고 싶었어요. 1960년대 영화에 나오는 이집트풍 의상 같은 유치함을 걷어내기 위해 애썼죠. 색상을 좀 차분하게 하고, 살짝 1980년대 느낌을 집어넣기도 했어요."

켄사

켄사는 누비아 출신 검투사로, 오른쪽
그림은 뱅상 가이노의 콘셉트 아트다.
시와에서 노예였던 켄사를 바예크가
구출하며 둘은 친구가 되는데, 세월이 흐른
뒤 바예크가 노예 검투사를 가장하여 잠입한
크로코딜로폴리스의 투기장에서 우연히
다시 만나게 된다. 투기장에서 둘은 한 팀을
이루어 경기에 참가하고, 여러 번의 싸움
끝에 갈리아 출신의 포악한 챔피언 팀을
물리친다.

히테피

'도마뱀' 히테피는 멤피스의 아피스 황소 저주 사건의 배후에 있는 신관이다. 헬릭스의 아트워크에서도 볼 수 있듯, 히테피는 '가면을 쓴 자'다. 불안에 떠는 여신관들을 만나 저주에 대한 조사를 진행하다 보면 여신관들의 오빠가 납치되었다는 사실과 함께 히테피의 정체와 위치를 파악할 수 있다. 사악한 신관 히테피는 이집트를 지배하려는 고대 결사단의 계획에 기꺼이 협조한다. 히테피를 추적하고 처치하는 과정은 플레이어들에게 짜릿한 쾌감을 안겨준다.

[위] "히테피는 정말 옷을 잘 입어요. 어쌔신 크리드의 스타가 되어야 마땅한 인물이죠. 저런 멋진 모자가 있는데, 거추장스럽게 신발은 왜 신겠어요? 캐릭터를 디자인하던 초기에는 '괴상함'과 '기괴함' 그리고 '현실성' 사이에서 균형을 맞추느라 애를 썼어요." — 제프 심슨

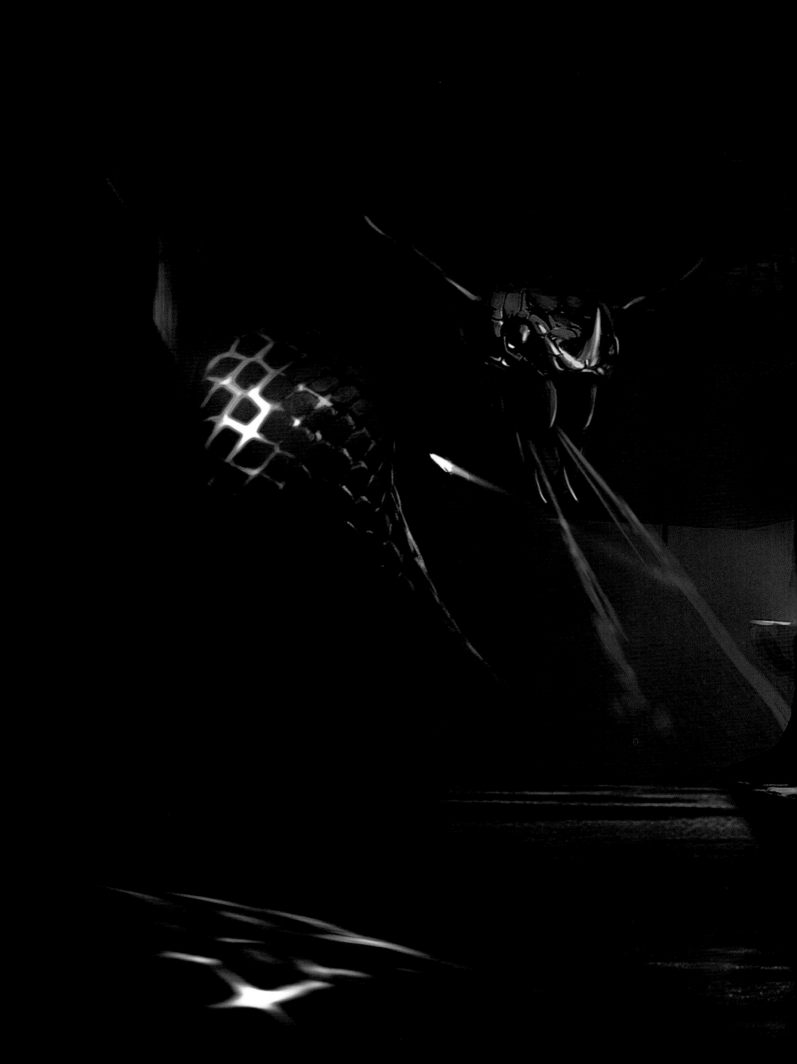

바예크의 꿈

바예크는 아피스 황소 축제의 저주를 조사하던 중 신비한 의식을 치르는 예언자를 만나게 된다. 바예크는 이 의식을 통하여 꿈속으로 들어가 뱀 신인 두아트의 아펩을 만나게 되고, 아펩을 물리침으로써 멤피스의 주민들을 돕게 된다. 여기에 등장하는 아펩과 바예크의 모습은 마르탱 데샹보의 아트워크다.

'나일 강의 뱀' 혹은 '영혼을 삼키는 존재'라고도 불리는 아펩은 혼돈과 파괴의 신으로, 고대이집트인들은 아펩이 태양신 라와 싸워 승리하면 이 세상이 어둠 속으로 가라앉게 될 거라 믿었다. 이집트인들은 폭풍우가 치는 어두운 날이 찾아올 때면 아펩의 탓이라 여겼고, 햇빛이 비칠 때면 라가 승리했다고 믿었다. 그런 의미에서 아마 대부분의 이집트인은 일식을 두려워했을 것이다. 라 신전의 신관들은 매년 아펩을 물리치기 위한 의식을 치르기도 했다. 이들은 태양의 신전 한가운데에 아펩의 모형을 가져다 놓고 침을 뱉으며 무기로 공격했으며, 마지막에는 아펩의 모형을 태워 멀리 몰아냈다.

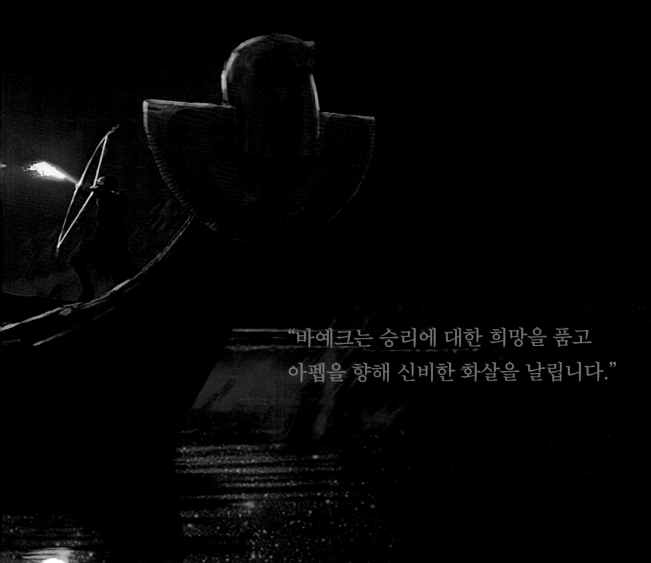

"바예크는 승리에 대한 희망을 품고
아펩을 향해 신비한 화살을 날립니다."

"바예크의 꿈속 풍경을 그리는 건 정말 재밌는
일이었어요. 현실 속의 요소들이 섞여 기괴한
방식으로 나타나는 광경을 만들었죠. 예를 들어
이 엄청난 석상은 둥둥 떠있고, 부서진 조각들도
공중에 그대로 멈춰 있어요. 하늘을 덮은 북극광도
바예크에게는 무척 신비한 광경일 거예요."
— 마르탱 데샹보 [모든 그림]

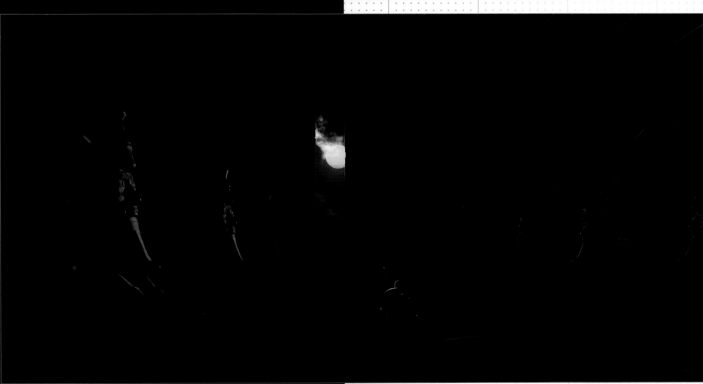

여기에 소개된 모든 그림을 그린 마르탱 데샹보의 설명이다. "바예크의 꿈속
풍경을 작업하며 조각상이 공중에 떠있고, 부서진 조각이 아주 천천히 떨어지는
장면을 상상해봤어요. 중력을 조작해보면 재미있겠다는 생각이 들었죠. 중력의
영향이 달라 서로 속도가 다르거나 아예 반대로 움직이는 식으로 말이에요. 꿈을
어떤 식으로 디자인할지 브레인스토밍을 하며 좋은 아이디어가 많이 나왔어요.
왼쪽의 일러스트는 바예크의 꿈에 나타나는 상징인데, 가면을 쓴 이집트 신들이
아닌 실제 동물들이 등장하죠."

신들의 시험

바예크는 이집트의 신들을 모티브로 한 거대한 보스들과 대결을 펼치게 된다. 이러한
보스들은 다양한 지역에서 출현하며 바예크나 커뮤니티의 힘으로 무찔러야 한다.
여기에서는 마르탱 데샹보가 그린 아누비스(왼쪽)와 소베크(오른쪽)의 생생한 모습을
볼 수 있다. 신들의 시험에 나오는 보스들은 막강한 공격력을 자랑할 뿐 아니라 함께
출몰하는 부하들도 같이 물리쳐야 하기 때문에 결코 상대하기가 쉽지 않다. 오리진의
시나리오 작가 크리스토퍼 그릴리는 "고급 플레이어들을 염두에 두고 만들었음을
감안하여 플레이해달라"고 경고하기도 했다.

제 6 장

해상 전투

폼페이우스와의 만남

고대 결사단의 뒤를 쫓던 아야는 폼페이우스와의 동맹을 맺기 위하여 에게 해로 간다.
해상에서 전투가 벌어지고, 클레오파트라의 수하로 들어간 아야는 자신의 부하들을
데리고 전투를 치른다. 전투가 벌어지기 전, 아야는 "목표에 다가갈 수 있다면 우리 사이에
있는 이 바다를 모조리 태워버리기라도 하겠어"라고 말하며 투지를 불태운다.

그리스의 군용선과 이집트의 갤리선 사이에 벌어지는 해상 전투는 범선과 갈레온선이
맞붙던 어쌔신 크리드 4 블랙 플래그의 해상전과는 사뭇 다른 모습이다. 배 자체의 차이도
차이지만, 사나운 파도가 몰아치는 에게 해에서 벌어지는 전투 장면 자체가 주는 시각적
효과가 상당하다. 정교하게 디자인한 화면과 첨단 기술, 플레이어의 움직임이 만나
일으키는 시너지 효과는 그야말로 엄청나다.

거친 바다, 노가 충돌하는 소리, 불붙인 화살에서
피어오르는 연기는 고대의 해상 전투 장면을
극적으로 만들어준다. 이러한 전투 장면을
그리는 콘셉트 아티스트들은 기술 팀이 잘
구현해주기만을 기원하며 상상력을 한껏
발휘한다. 150~153쪽의 그림을 작업한 마르탱
데샹보의 말이다. "이러한 전투 장면은 언제나
장엄하죠. 몰아치는 성난 파도에서 해상전의
팽팽한 긴장을 느낄 수 있습니다."

폼페이우스

그나이우스 폼페이우스 마그누스(기원전 106~48년)는
2차 로마 내전에서 사령관으로 복무하며 루시우스
코넬리우스 술라로부터 '위대한 폼페이우스'라는
별명을 얻는다. 폼페이우스는 추후 시저의 딸
줄리아와 결혼하며 시저와 군사적, 정치적 동맹을
맺지만, 이 동맹은 셰익스피어의 비극에 버금가는
비통한 사건과 함께 막을 내리게 된다.

이후 폼페이우스와 시저는 로마의 지배권을 두고
경쟁을 벌이게 되는데, 어쌔신 크리드 오리진에
이들이 등장하는 시기가 바로 이 무렵이다.
폼페이우스의 불운한 인생은 셉티미우스에게 암살을
당하며 끔찍한 종말을 맞이하게 된다. 폼페이우스의
외모를 참고할 만한 자료는 많이 남아있지만, 콘셉트
아티스트인 제프 심슨은 자신만의 스타일로 역사 속
폼페이우스를 그려내기를 원했다. "좀 더 나이가 든,
진지한 모습으로 표현해보고 싶었어요. 시저만큼
운이 따르지는 않았다 뿐이지, 충분히 강인했던
인물로 그리고 싶었습니다."

[왼쪽 위] 아트워크 – 광위탄
[왼쪽 아래] 아트워크 – 라파엘 라코스트

배

이집트인들에게 나일 강은 그 무엇보다도 중요한 존재였다. 그렇기 때문에 작은 어선부터
화려한 파라오의 유람선까지 배는 이집트인의 일상생활을 이루는 중요한 요소였다.
여기에서는 광위탄이 작업한 놀랍도록 상세한 배 그림들을 살펴볼 수 있다.
오리진의 시나리오 작가인 크리스토퍼 그릴리는 이집트의 배에 대해 이렇게
말한다. "나일 강은 낚싯배부터 운반용 바지선, 군용선, 유람선까지 수많은
배들로 가득했을 거예요. 작은 배(왼쪽 아래)들은 파피루스 갈대를 엮어서
만들 수 있었겠지만, 바지선이나 군용선에는 더 튼튼한 재료가
필요했죠. 피라미드와 신전을 건설하는 데 사용하는 오벨리스크나
채석장에서 캐낸 석재 등은 무척 무거웠어요. 나일 강을 따라
이런 무거운 재료들을 기자나 헬리오폴리스까지 운반하는
배들은 튼튼한 나무로 건조했습니다. 나무로 된 배는
적의 공격에도 잘 견뎠고, 필요 시 다른 선박을
들이받아 공격할 수 있을 만큼 튼튼했어요. 항해
방식 또한 시간의 흐름에 따라 변화했습니다.
처음에는 조타수들이 커다란 노 두 개를
조작하는 방식이었는데, 나중에는
배 측면의 틸러에 연결된 여러
개의 노로 항해했습니다.
이집트인들의 긍지이자
기쁨이었던 파라오의
배는 대개 선실과 식당,
휴게 공간이 갖춰진
여러 층으로
되어있었죠."

제 7 장

파이윰

파이윰

이집트 남부에 위치한 곳으로, 거대한 호수 곁에 자리 잡아 비옥한 땅을 지니고 있다.
158~159쪽에서 볼 수 있는 케르케수차는 파이윰의 수많은 작은 마을 중 하나다.
파이윰에서는 쌀이나 옥수수 같은 곡물이 많이 생산되었으며, 지형적 다양성 덕에
계단식 농업 또한 발달했다. 비둘기 탑이 곳곳에 높이 솟아있는 독특한 풍경 덕에
플레이어들은 어느 방향에서도 파이윰을 알아볼 수 있다.

[158~159쪽] 아트워크 – 징쳉웡
리커이가 파이윰 오아시스의 다양한 풍경에서
생활하던 이집트인들의 일상을 그린 초기
스케치들이다.

[위, 오른쪽 아래] 아트워크 – 나타샤 탄
[왼쪽 아래] 아트워크 – 리커이(케이)

> "악어 신 소베크는 파라오에게 힘을 주는
> 존재로, 이집트인들은 소베크가 풍요를
> 불러오고 군사력을 강하게 하며
> 악을 물리친다고 믿었습니다."

크로코딜로폴리스

고대에는 셰데트라 불렸으며, 주민들은 물의 신 소베크를 숭배했다. 그리스인들은 이 도시를 '악어들의 도시'라는 의미의 크로코딜로폴리스라는 명칭으로 불렀다. 셰데트는 이집트의 주요 도시는 아니었지만, 비옥한 땅 덕분에 농업에 이상적인 지역이었다.

지역 주민들은 소베크를 높이 숭배했으며, 악어 머리를 한 소베크를 기리는 신전을 지었다. 소베크의 아들 펫수코스로 선택된 악어는 신전 내에 조성된 전용 연못에서 생활했다. 이 연못은 금과 보석으로 화려하게 장식했으며, 신관들은 펫수코스(신성한 악어)에게 먹이를 가져다주었다. 멤피스의 아피스 황소의 경우와 마찬가지로 펫수코스가 죽으면 장례를 지내고 안치했으며, 다른 악어를 펫수코스로 임명했다. 크로코딜로폴리스의 대표 신전은 소베크 신전이며, 람세스 2세가 개축하기도 했다.

여기에 소개된 아트워크에 대한 마르탱 데샹보의 설명이다. "사실 이 콘셉트 작업을 할 땐 크로코딜로폴리스에 대해 잘 알지는 못했어요. 다만 이름을 들으니 다양한 아이디어가 떠올랐죠. 주민들이 악어를 숭배하여 악어가 수로를 자유롭게 돌아다니지만, 수로와 마을은 철저히 분리되어 있는 구조로 디자인해보면 좋겠다는 생각이 들었어요. 악어가 득실거리는 녹색 수로 양 옆으로는 높은 장벽이 세워져 있고, 장벽 위로 작은 나무다리가 놓여있는 거죠. 이 그림 속에서 바예크는 실수로 길을 잘못 들어 악어들이 있는 수로에 들어가게 됩니다."

"바예크는 베레니케의 비밀 조직에 잠입하기
위하여 노예 검투사로 가장합니다."

[위] 질 벨로에이가 그린 크로코딜로폴리스 투기장의 모습. 펄럭이는 깃발이 곧
개최될 검투사 경기에 대한 흥분과 기대를 불러일으킨다. 이곳에서 바예크는
빠른 말씨의 투기장추 펠릭스, 경기 전 챔피언들의 복장을 챙기는 은퇴
검투사들을 비롯한 다양한 인물들을 만나게 된다.
[아래] "배경을 디자인하는 데 있어 거리 풍경은 매우 중요합니다. 파이윰과
크로코딜로폴리스의 집에는 나무를 더 많이 사용해서 화려한 그리스 집과
자연스런 대비를 주고자 했죠." — 마르탱 데샹보

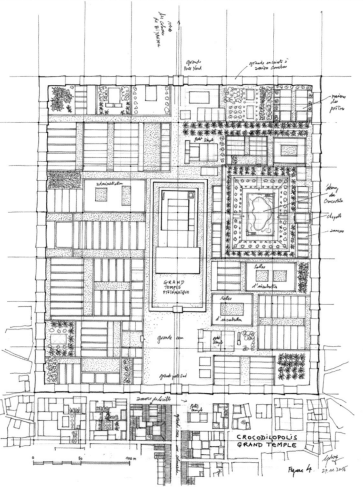

이집트에서 가장 비옥한 이 지역은 농사가 잘되었다. 이 지역에서는 옥수수와 올리브를 비롯한 채소가 풍족하게 자라났고, 꽃이 재배되어 신전과 건물을 장식할 수 있었다. 이 꽃들은 건조한 지역으로 팔려나가 좋은 수입원이 되기도 했다. 바로 위 마르탱 데상보의 콘셉트 아트에서는 지역의 부를 보여주듯 널찍하고 관리가 잘된 주민들의 집을 볼 수 있다.
[왼쪽 아래, 오른쪽] 크로코딜로폴리스 도시 설계도
— 장 클로드 골뱅

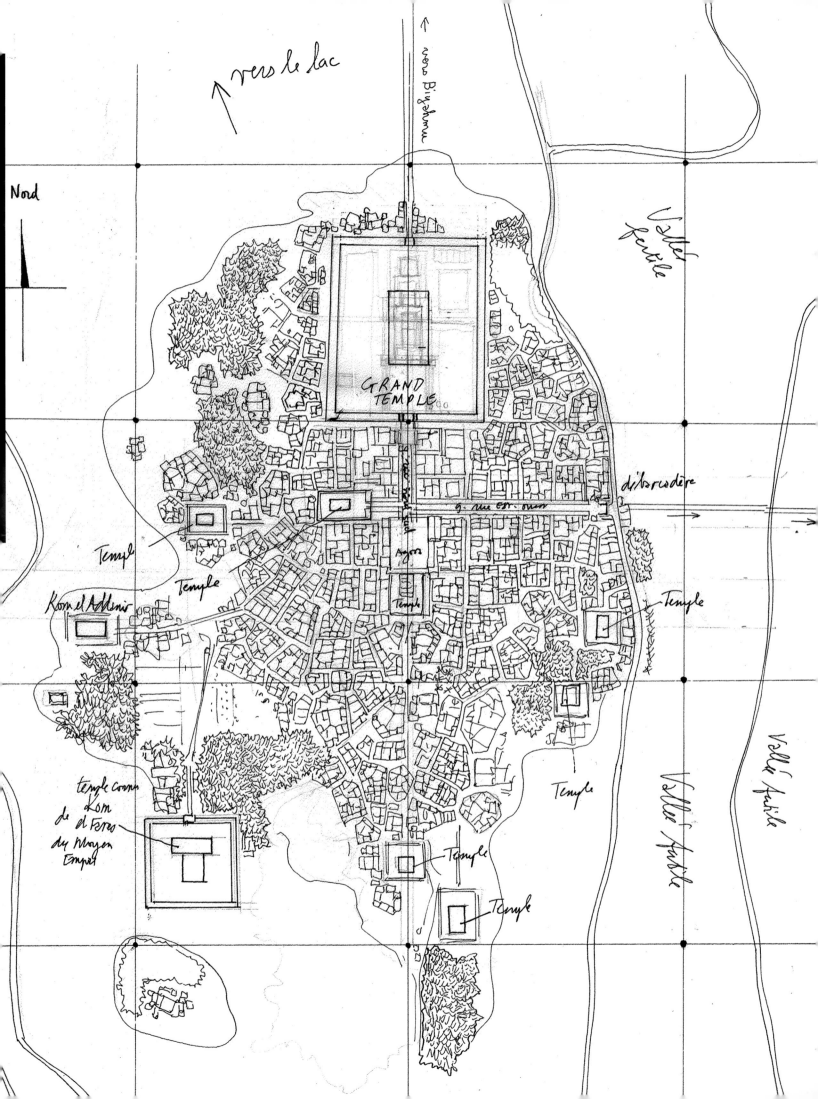

vers le lac

vers Birqehmu

Nord

Vallée fertile

GRAND TEMPLE

débarcadère

g. rue est-ouest

Temple

Temple

Agora

Temple

Temple

Kom el Adhenir

Temple

Temple

temple connu
Kom
de el Fero
du Moyen
Empire

Temple

Vallée fertile

Vallée fertile

Temple

Temple

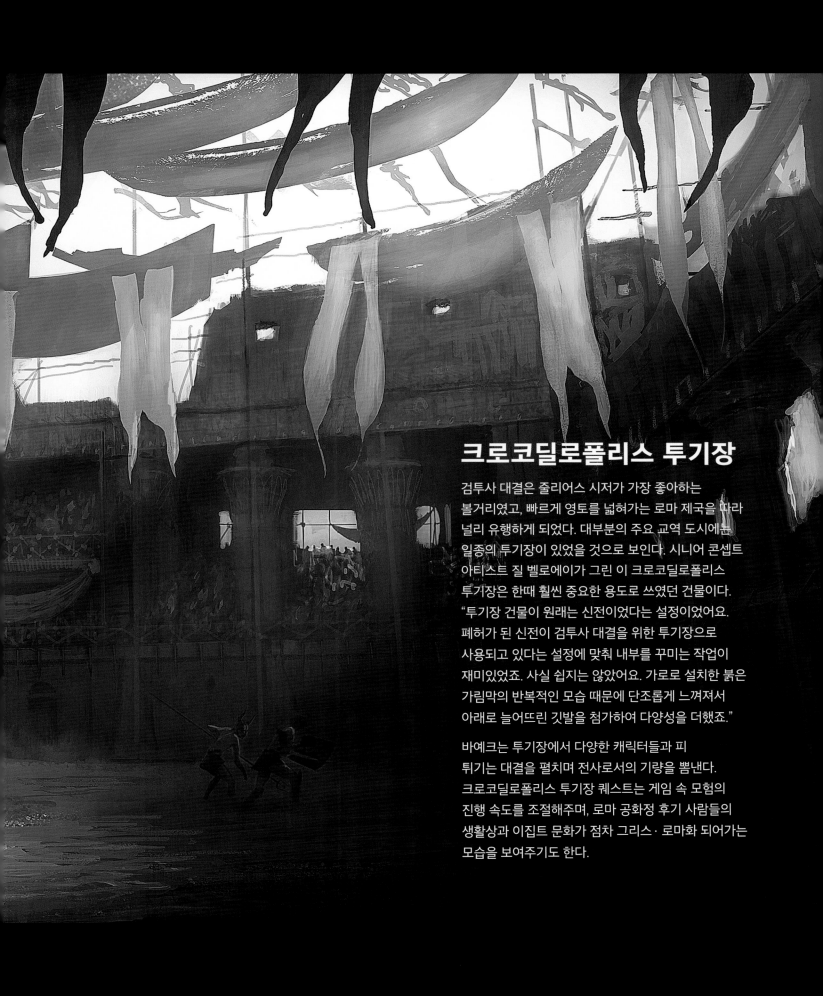

크로코딜로폴리스 투기장

검투사 대결은 줄리어스 시저가 가장 좋아하는 볼거리였고, 빠르게 영토를 넓혀가는 로마 제국을 따라 널리 유행하게 되었다. 대부분의 주요 교역 도시에는 일종의 투기장이 있었을 것으로 보인다. 시니어 콘셉트 아티스트 질 벨로에이가 그린 이 크로코딜로폴리스 투기장은 한때 훨씬 중요한 용도로 쓰였던 건물이다. "투기장 건물이 원래는 신전이었다는 설정이었어요. 폐허가 된 신전이 검투사 대결을 위한 투기장으로 사용되고 있다는 설정에 맞춰 내부를 꾸미는 작업이 재미있었죠. 사실 쉽지는 않았어요. 가로로 설치한 붉은 가림막의 반복적인 모습 때문에 단조롭게 느껴져서 아래로 늘어뜨린 깃발을 첨가하여 다양성을 더했죠."

바예크는 투기장에서 다양한 캐릭터들과 피 튀기는 대결을 펼치며 전사로서의 기량을 뽐낸다. 크로코딜로폴리스 투기장 퀘스트는 게임 속 모험의 진행 속도를 조절해주며, 로마 공화정 후기 사람들의 생활상과 이집트 문화가 점차 그리스·로마화 되어가는 모습을 보여주기도 한다.

홉라이트

제프 심슨의 콘셉트 아트 속 검투사는 장갑 보병이다. 당시 장갑 보병들은 정식 훈련을 받은 군인이 아닌 일반인인 경우가 많았다. 보병들은 전투에서 살아남기 위하여 독특한 전술을 펼쳤는데, 이 전술은 투기장의 경기에도 안성맞춤이었다. 크리스토퍼 그릴리의 설명을 들어보자. "장갑 보병들은 제대로 된 훈련을 받지 못한 단점을 극복하기 위하여 '팔랑크스(Phalanx, 방패로 벽을 만들어 방어진을 치는 전법)'라는 전투 대형을 활용했습니다. 이 혁신적인 대형은 효과적이었고, 그리스인들은 이 전법으로 페르시아와의 전투에서 몇 차례 승리하기도 했습니다. '홉라이트'라는 명칭은 이들이 들고 다니던 둥근 방패의 이름인 '호플론'에서 유래되었습니다."

분노의 망치

분노의 망치를 그린 뱅상 가이노의 이 콘셉트 아트는 거대하고
위압적이지만 한편으로는 계산적인 투기장 검투사의 모습을
완벽하게 담아내고 있다. 뱅상 가이노는 전통적인 검투사의
모습에 저돌적인 저거너트의 모습을 접목하여 이 작품을
완성했다. 분노의 망치는 이름에 걸맞은 거대한 양면 해머를
자유자재로 휘두르며, 야수 같은 거친 외모로 두려움의
대상이다.

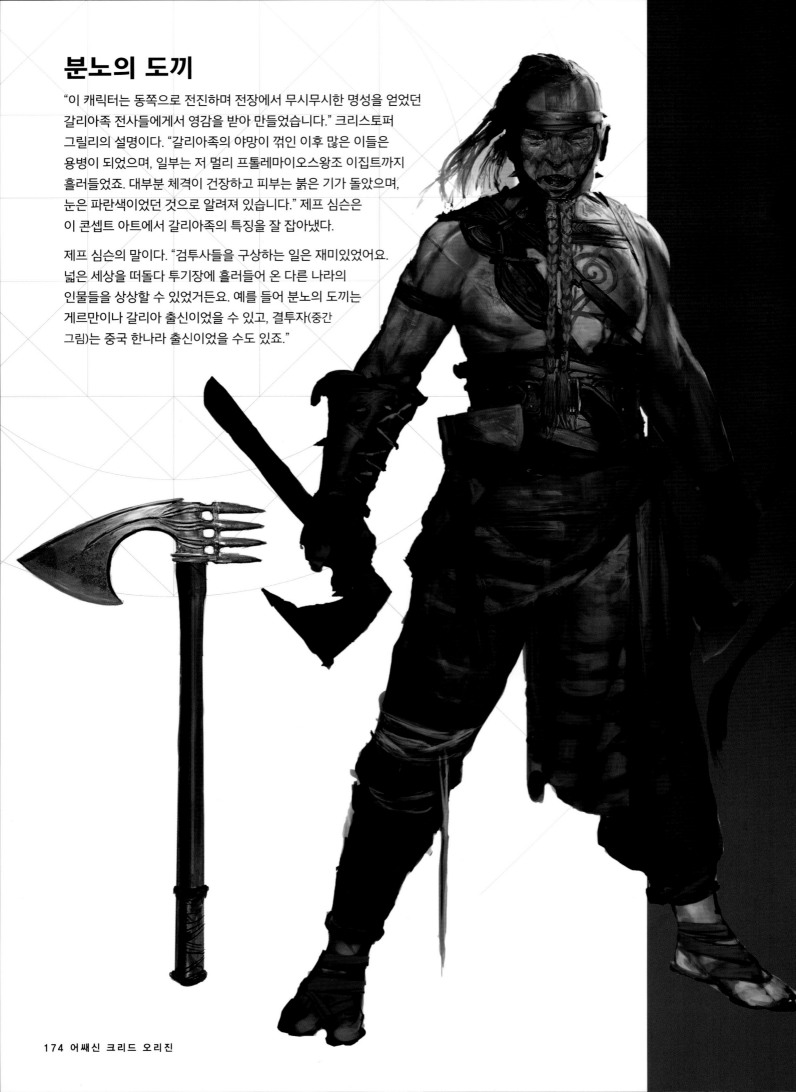

분노의 도끼

"이 캐릭터는 동쪽으로 전진하며 전장에서 무시무시한 명성을 얻었던 갈리아족 전사들에게서 영감을 받아 만들었습니다." 크리스토퍼 그릴리의 설명이다. "갈리아족의 야망이 꺾인 이후 많은 이들은 용병이 되었으며, 일부는 저 멀리 프톨레마이오스왕조 이집트까지 흘러들었죠. 대부분 체격이 건장하고 피부는 붉은 기가 돌았으며, 눈은 파란색이었던 것으로 알려져 있습니다." 제프 심슨은 이 콘셉트 아트에서 갈리아족의 특징을 잘 잡아냈다.

제프 심슨의 말이다. "검투사들을 구상하는 일은 재미있었어요. 넓은 세상을 떠돌다 투기장에 흘러들어 온 다른 나라의 인물들을 상상할 수 있었거든요. 예를 들어 분노의 도끼는 게르만이나 갈리아 출신이었을 수 있고, 결투자(중간 그림)는 중국 한나라 출신이었을 수도 있죠."

노예 상인

뱅상 가이노가 그린 아래 그림에도 나타나듯 노예 상인은 흉포한 기질과 외모를 지니고 있다. 옷차림만 봐도 노예를 착취한 돈으로 부를 쌓았음을 짐작할 수 있으며, 몸에 두른 표범 가죽을 보면 그 잔인함은 동물에게도 예외 없이 발휘된다는 점을 알 수 있다. 크리스토퍼 그릴리의 설명이다. "노예 거래는 거칠고 험한 일입니다. 이 캐릭터는 반항적인 노예를 제압하거나 터무니없는 가격을 제시하는 상인들을 위협하기 위해서 몸집을 키워 위압적인 모습을 보인 걸 수도 있어요. 이렇게 험상궂은 외모라면 누구도 쉽게 건드리지 못했을 거예요."

결투자

제프 심슨이 작업한 이 콘셉트 아트 속의 캐릭터는 중국 한나라 시대의 전사를 모티브로 만들어졌다. 당시 아시아 문화권의 풍습을 반영한 장신구와 갑옷을 적용하고, 의상에는 비단을 사용했다. 크리스토퍼 그릴리의 설명이다. "이 캐릭터가 사용하는 무기는 매우 고급스럽고 정교합니다. 당시 중국의 발달된 주조 기술을 보여주죠."

제 8 장

키레나이카

실험

어쌔신 크리드 오리진의 배경이 되는 시대는 로마가
이미 리비아 고원 지역에 확고한 기반을 닦은 이후다.
아폴로와 제우스를 모시는 오래된 신전들 사이로
호화로운 로마식 저택들이 속속 생겨나고, 그리스 도시
키레나이카의 모습은 변하기 시작한다. 플라비우스는
이집트 침공을 준비하기 위하여 바로 이 키레나이카로
도피한다.

메인 스토리의 결말부에 해당하는 이 퀘스트에서
바예크는 플라비우스를 쫓아 키레나이카로 추적해
들어가지만, 그곳에서 보게 되는 광경은 바예크를
얼어붙게 만든다. 플라비우스가 훔쳐낸 힘으로 도시와
주민들을 유린한 탓에 키레나이카는 영혼을 잃고 걸어
다니는 시체로 가득한 지옥 같은 도시가 되어있었던
것이다. 이 무시무시한 광경은 전원적인 키레나이카의
풍경과 극적인 대비를 이룬다.

[176~177쪽, 왼쪽] 아트워크 – 마르탱 데샹보
[아래] 아트워크 – 사빈 보이키노프

"키레나이카에 미친 로마인들의 영향도 수 세기에 걸쳐 쌓아올려진
그리스의 장엄한 예술성을 앗아가지는 못했습니다."

[왼쪽 위, 오른쪽 아래] 아테네의 판테온보다 큰 규모를 자랑하는 키레네의 제우스 신전은 로마화가 시작된 기원전 74년보다 한참 앞선 기원전 6세기경에 건축되었다. 키레네는 기원전 6세기 당시 이미 그리스 세계의 주요 도시로 자리매김하고 있었다.
"이러한 역사적인 건축물들을 장엄한 모습으로 표현하고 싶었어요. 물론 실제 건축물의 규모 자체로도 충분히 놀랍기는 하지만 말이죠." — 마르탱 데샹보

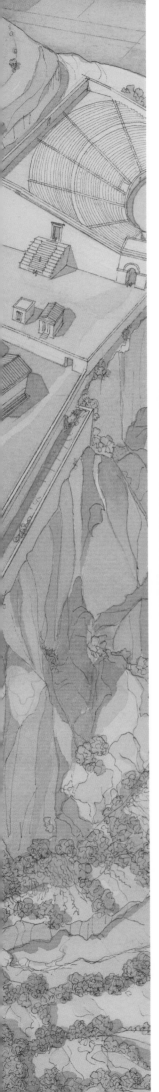

키레네

기원전 630년 건설된 키레나이카는 그리스인들이 아폴로 신에게 봉헌한 키레(Kyre)라는 샘에서 그 이름의 유래를 찾을 수 있다. 지역 내에서 가장 중요한 그리스 도시이기도 한 이곳은 풍요로운 계곡에 자리 잡고 있으며, 이집트와는 크게 대조적인 풍경을 지니고 있다. 키레나이카는 알렉산더 대왕의 사망 후 프톨레마이오스왕조 시대까지도 중요한 도시로 남았으며, 추후 로마에 편입되었다.

왼쪽 그림은 아티스트이자 역사학자인 장 클로드 골뱅이 재현한 키레네 주변의 풍경과 도시로, 중앙에 제우스 신전이 서있는 모습을 볼 수 있다. 마르탱 데샹보(오른쪽 중간)와 다이애나 칼루지나(오른쪽 아래)가 작업한 콘셉트 아트에서는 신전의 규모와 장엄한 아름다움을 느낄 수 있다. 비록 지금은 상당 부분 파괴되었지만, 신전의 유적은 여전히 키레네에서 찾아볼 수 있다.

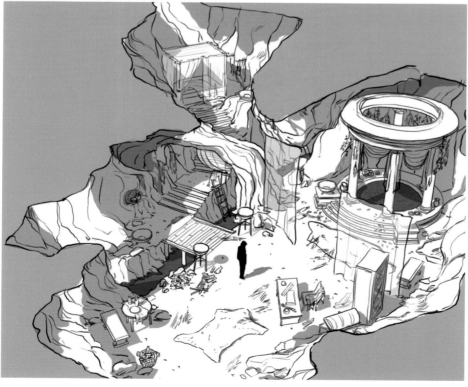

그리스인들이 신의 말씀을 구하던 신탁 신전은
로마의 지배가 시작되며 점차 영향력을 잃었지만,
에디 베넌(위, 오른쪽)과 다이애나 칼루지나(왼쪽)의
작품은 한때 이들이 누렸던 막강한 권세와 영향력을
보여준다.

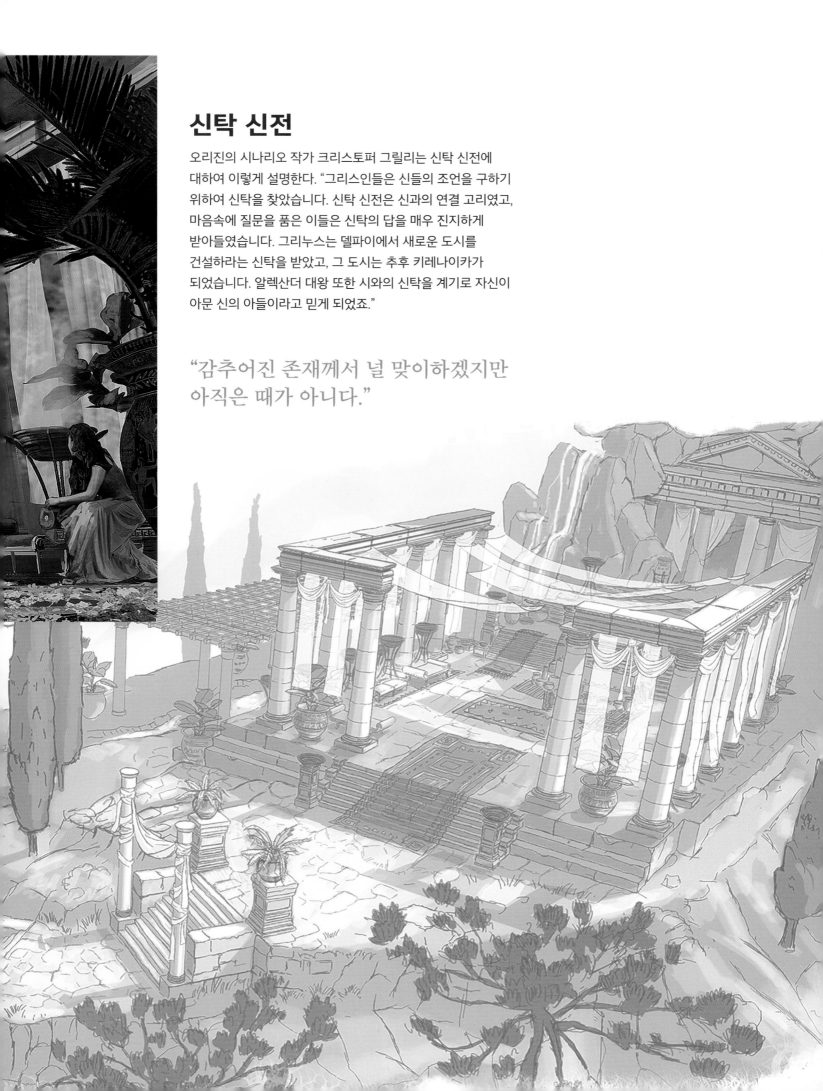

신탁 신전

오리진의 시나리오 작가 크리스토퍼 그릴리는 신탁 신전에
대하여 이렇게 설명한다. "그리스인들은 신들의 조언을 구하기
위하여 신탁을 찾았습니다. 신탁 신전은 신과의 연결 고리였고,
마음속에 질문을 품은 이들은 신탁의 답을 매우 진지하게
받아들였습니다. 그리누스는 델파이에서 새로운 도시를
건설하라는 신탁을 받았고, 그 도시는 추후 키레나이카가
되었습니다. 알렉산더 대왕 또한 시와의 신탁을 계기로 자신이
아문 신의 아들이라고 믿게 되었죠."

"감추어진 존재께서 널 맞이하겠지만
아직은 때가 아니다."

[왼쪽] "이집트의 아메넴헤트 1세는 나일 삼각주 동쪽 경계를 따라 요새(왕자의 장벽)들을 건설했습니다. 늪과 같은 나일 강의 강물은 추가적인 방어막이 되어주었죠." — 크리스토퍼 그릴리

게임에 등장하는 성채와 요새는 플레이어들에게 새로운 도전을 안겨준다. 마르탱 데샹보가 작업한 왼쪽과 위의 그림에서도 볼 수 있듯, 게임은 이집트의 유명한 요새들을 정확히 구현해내고 있다. 크리스토퍼 그릴리의 설명이다. "이러한 요새나 성채의 벽은 상상을 초월할 만큼 두꺼웠어요. 높이 또한 어마어마해서 제일 긴 사다리를 들고 와도 기어오를 수 없었죠. 공격에 대비하여 강화한 성문만이 유일한 출입구인 경우가 많았어요." 그러나 굳게 닫힌 성문도, 높은 벽도, 사다리의 부재도 시와의 바예크 같은 암살자를 막지는 못한다.

스톤 서클

지구의 거의 모든 대륙에서 발견되는 다양한 스톤 서클은 여전히 신비한 존재로 남아있다. 게임 속에서 바예크가 마주치는 스톤 서클들은 최대 기원전 6900년까지 거슬러 올라가는 실제 스톤 서클들을 모델로 하고 있다. 크리스토퍼 그릴리의 설명이다. "스톤 서클은 천문학적인 목적으로 만들어졌다는 추측이 있어요. 하늘의 별자리와 관련이 있을 수도 있고요."

게임 내에서 스톤 서클은 이집트 곳곳에 위치해있으며, 일종의 퍼즐 같은 보조 퀘스트 역할을 한다. 가장 위에 있는 작품은 마르탱 데샹보의 작품이며, 나머지 모든 작품은 어소시에이트 아트 디렉터이자 콘셉트 아티스트인 리커이의 작품이다. 이 그림들은 바예크가 바라본 모습 그대로의 스톤 서클과 퍼즐이 풀린 후의 화면을 보여주고 있다. 아름답게 표현된 전통적인 이집트의 신성한 사자 형상과 어쌔신 크리드를 대표하는 독수리 형상을 볼 수 있다.

제 9 장

현대

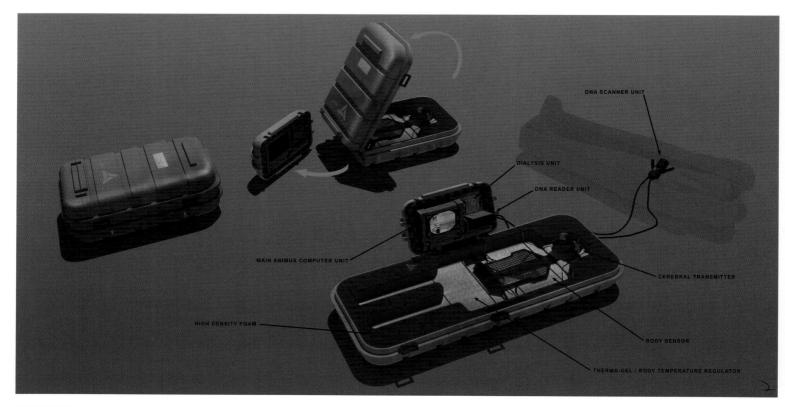

DNA SCANNER UNIT

DIALYSIS UNIT

DNA READER UNIT

MAIN ANIMUS COMPUTER UNIT

CEREBRAL TRANSMITTER

HIGH DENSITY FOAM

BODY SENSOR

THERMA-GEL / BODY TEMPERATURE REGULATOR

레일라와 앱스테르고 시그마팀

"게임을 플레이하다 보면 자꾸 잊게 되지만, 어쌔신 크리드 세계관의 핵심에는 첨단
사이버 기술이 놓여있어요." 어시스턴트 내러티브 감독인 줄리 마르치오리의 말이다.
"이번 시리즈에서는 앱스테르고 소속의 반항적인 과학 천재 캐릭터 레일라를 등장시키며
플레이어들에게 이러한 세계관을 다시 한번 확인시켜주었죠. 지난 10년간 소개된 앱스테르고
이야기는 이렇게 이번 게임의 현대 부분으로 합쳐졌어요."

"레일라는 서른셋의 전기공학 전문가입니다. 재능이 뛰어나지만 따분한 걸 싫어하고 반항적인
성격이죠. 기본적으로 자신을 통제하려 하는 모든 시스템에 반항하는 경향이 있습니다.
그리고 레일라의 이런 성향과 행동이 어쌔신 크리드의 새로운 이야기를 열게 되죠."

[190~191쪽] 아트워크 — 마르탱 데샹보
[왼쪽 위] 새로운 애니머스 장치 아트워크
　　— 마르탱 데샹보
[왼쪽 아래] "닥쳐오는 모래폭풍에 대비하여
야영지를 정비하는 레일라의 모습입니다. 저는
대비가 강한 이런 식의 흑백 스케치를 좋아해요.
형태와 구성, 그리고 그림이 담고 있는 이야기에만
집중할 수 있거든요." — 마르탱 데샹보

레일라 핫산과 윌리엄 마일스

애니머스 세션을 마치고 정신이 든 레일라의 곁에 한 나이든 남자가 앉아있다. 레일라가 발견한 것들을 살펴보고 있던 이 남자는 윌리엄 마일스로, 암살단의 새로운 수장이다. 윌리엄은 암살단이 그동안 레일라가 애니머스를 통해 경험한 것들을 주시하고 있었으며, 그 덕에 고대 형제단의 기원을 더 잘 알 수 있게 되었다고 말한다.

"레일라는 사실 앱스테르고의 말단 직원에 불과해요. 앱스테르고를 템플 기사단이 세운 건지도 모르고 그저 열심히 연구를 한 거죠." 마르치오리의 설명이다. "애니머스에 대한 레일라의 관심은 개인적이에요. 템플 기사단이 이루고자 하는 목적과는 관계가 없죠. 레일라는 마치 마법에 걸리기라도 한 듯 애니머스에 매료됩니다. 애니머스에 관련된 거라면 속속들이 알고 있고, 모든 모듈과 장치를 조작해본 경험이 있죠. 레일라는 애니머스로 할 수 있는 것이라면 뭐든 할 수 있고, 새로운 시도를 해볼 준비도 되어있습니다. 그녀는 자신의 애니머스를 조금씩 조정해왔고, 앱스테르고에는 이 사실을 숨겨왔죠."

"레일라는 참 여러 차례 수정했어요. 어떤 장비를 가지고 다닐지, 어떤 분위기의 옷을 입을지 생각을 많이 했죠. 현대의 캐릭터를 구상하는 일은 더 어렵고 까다로워요. 우선 등장하는 지역의 일교차가 크고, 등장인물이 뜨거운 사막과 추운 동굴을 오가는 만큼 옷은 여러 겹 겹쳐 입는 것으로 설정했어요. 뭔가 허전하다 싶을 땐 어떻게 하냐고요? 주머니를 잔뜩 달아주면 되죠!" ― 제프 심슨 [193쪽 모두]

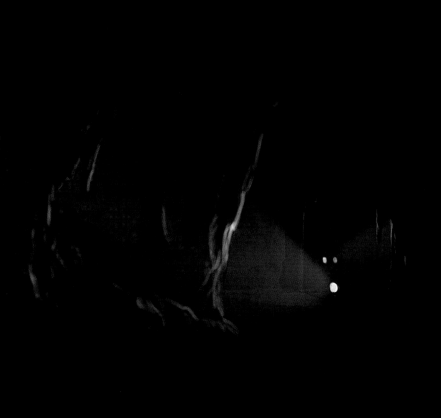

"과거와 현재의 물건이
마치 거울처럼 겹쳐지게 되죠."

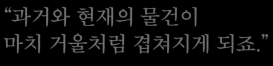

줄리 마르치오리

줄리 마르치오리는 이번에 등장한 현대 부분의 자세한 콘셉트와
플레이상의 특징을 이렇게 설명한다. "현대 부분에서는 바예크가
등장하는 과거 파트처럼 자유롭게 돌아다니고 이동할 수 없어요.
그런 만큼 무엇을 어떤 방식으로 보여줄지 신중하게 결정해야 했죠.
플레이어가 과거에 바예크로서 방문했던 장소를 잘 활용하는 게
중요했어요."

"장소를 통한 연결은 혈액 속 유전적 기억을 통한 연결과 어느 정도
비슷하다고 볼 수 있어요. 장소도, 유전적 기억도 수많은 이야기를
숨긴 채 발견되기를 기다리고 있죠. 배경을 활용한 스토리텔링을
통해 두 개의 서로 다른 문명에서 온 물건들이 얽히며 역사의
순환을 이루는 걸 보여주고 싶었어요. 같은 주제를 가지고 반복되는
변주랄까요? 각각의 물건이 자신의 문명에 대해 들려주는 이야기를
표현하고자 했죠."

[오른쪽] "현대 부분의 배경입니다. 고대 이집트의 무덤과 최첨단 기계장치의
대비를 살리는 작업이 재미있었어요. 실존하는 자라(Djara) 동굴을 모델로
한 동굴(위쪽 그림) 또한 흥미로운 배경이었어요. 동굴 내부의 석순과 모래의
대비가 흥미로워 관심을 가지게 되었죠." — 마르탱 데샹보

제 10

최초

탐험

어쌔신 크리드의 스토리라인을 이루는 세 번째 요소가 있다. 바로 다른 세상에서 온 존재들이다. 인류는 이들을 '최초 문명', 혹은 '선구자'라는 명칭으로 부른다. 이들은 스스로를 '이수(Isu)'라 칭하며, 앱스테르고는 진화된 인간형 종족인 이들을 과학적으로 호모 사피엔스 디비니우스, 즉 신과 유사한 존재로 분류한다.

바예크는 절벽 위에 선 채 무척 신비로우면서도 현실적인 광경을 마주하게 된다. 바예크가 어린 시절부터 들어왔던 신화와 전설, 종교적 이야기들은 모두 최초 문명에서 온 것일 가능성이 높다. 고대 결사단이 그토록 손에 넣으려 했던 힘도 바로 인류의 존재를 근본부터 쥐고 흔들 수 있는 선구자들의 능력이다. 진실을 알게 된 후에도 이 모든 것은 터무니없는 말로 들린다. 바예크는 여전히 절벽 위에 서있다.

[왼쪽] "최초 문명이 등장하는 배경을 디자인하는 건 정말 즐거웠어요. 아주 신비스러운 풍경을 작업할 수 있었거든요. 어쌔신 크리드 2에 등장한 바티칸 지하의 최초 문명의 방이 연상되게 하고 싶었어요. 그래서 196~197쪽의 그림에서 보이듯 다리 양쪽 끝에 있는 거대한 석관을 연상시키는 건축물을 등장시켰죠. 최초 문명 건축물을 디자인할 때는 플레이어의 호기심을 불러일으킬 수 있는 신비로운 분위기를 내는 데 초점을 뒀어요." ― 마르탱 데샹보
[196~197쪽, 200~201쪽] 아트워크 ― 마르탱 데샹보
[아래] 스케치 ― 에디 베넌

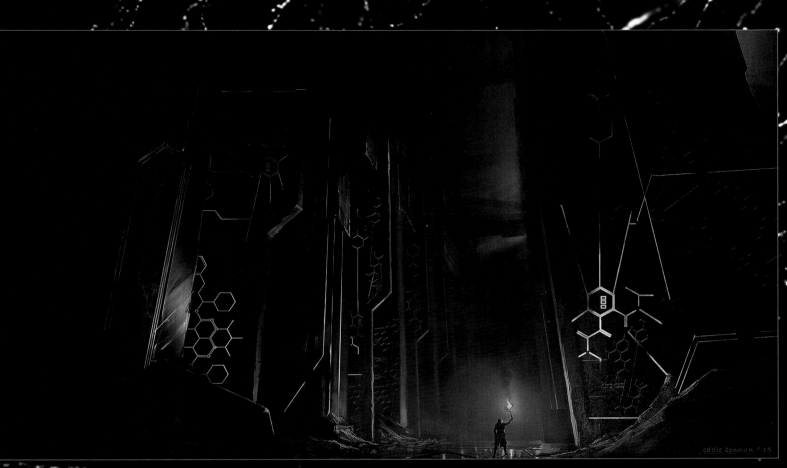

[오른쪽 위] 아트워크 – 에디 베넌
[왼쪽, 오른쪽 아래] 아트워크 – 마르탱 데샹보

"인류의 역사를 보면 결국 한 문명이 다른 문명을 대체하고, 새로운 문명은 이전 문명의 폐허와 유적 속에서 살아가죠." 줄리 마르치오리의 말이다. "과거의 유적들은 시간이 흐르며 의미를 잃지만, 그 광경은 여전히 우리를 압도합니다. 바예크가 최초 문명의 유적을 보았을 때 느낀 감정은 아마 우리가 지금 고대이집트 문명의 유적을 볼 때 느끼는 감정과 비슷할 거예요. 20세기 고고학자들도 모래 속에 파묻혀있던 과거 문명의 구조물과 그 언어를 해독하려고 부단히 애썼죠. 물론 문명 간의 시간 차이는 덜 하지만 큰 틀 안에서의 패턴은 비슷하리라 생각합니다."

시와의 바예크는 선구자의 유적에 수천 년 만에 처음 들어간 호모 사피엔스다. 다른 이들은 이곳을 찾아 헤맸지만, 바예크는 무언가에 이끌리듯 찾아왔다. 이것이 바로 이수의 방식이다. 아니, 사실 이수 종족은 현 시점에서 바예크에게 아무 관심도 없고 아무런 관여도 하지 않았을 가능성도 있다. 이 모든 게 바예크의 상상일 수도 있다.

현재로서 바예크의 눈에 보이는 것은 뒤틀린 벽에 새겨진 고대의 상징과 이해할 수 없는 수학적 건축 형태뿐이다. 주어진 것은 단지 그것뿐. 이번 시리즈의 제목은 어쌔신 크리드 '오리진'이다. '오리진'이라는 타이틀에 걸맞게 미스터리는 또다시 새롭게 시작된다. 유비소프트의 개발 팀은 해답에 대한 약속과 함께 더 많은 수수께끼를 심어놓았다. 이미 안다고 생각하는 것을 모두 내려놓고 이 모든 수수께끼를 새로운 눈으로 바라보자. 놀라움, 기쁨, 두려움을 경험해보자. 스스로에게 보고, 느끼고, 생각할 기회를 주는 것이다.

[왼쪽 위] 아트워크 – 에디 베넌
[왼쪽 아래, 오른쪽] 아트워크 – 이반 T 코리타레프
[206~207쪽] 아트워크 – 마르탱 데샹보

"우리가 인류를 인류 자신으로부터 구해야만 합니다."

유노, 최초의 의지를 위한 도구의 신

감사의 말

유비소프트 몬트리올
라파엘 라코스트(Raphaël Lacoste) | 브랜드 아트 디렉터 & 콘셉트 아티스트
질 벨로에이(Gilles Beloeil) | 콘셉트 아티스트
라파엘 데랑드(Raphaëlle Deslandes) | 주니어 콘셉트 아티스트
마르탱 데샹보(Martin Deschambault) | 시니어 콘셉트 아티스트
리차드 포르그(Richard Forgues) | 스토리보드 아티스트
호세 홀더(Jose Holder) | 스토리보드 아티스트
뱅상 가이노(Vincent Gaigneux) | 시니어 콘셉트 아티스트
제프 심슨(Jeff Simpson) | 콘셉트 아티스트

유비소프트 싱가포르
모하메드 감부즈(Mohamed Gambouz) | 시니어 아트 디렉터
리커이(케이)(Li Ke Yi (KEY)) | 어소시에이트 아트 디렉터 & 콘셉트 아티스트
코비 섹(Kobe Sek) | 시니어 콘셉트 아티스트
징쳉웡(Jing Cherng-Wong) | 콘셉트 아티스트
광위탄(Guang Yu Tan) | 콘셉트 아티스트
나타샤 탄(Natasha Tan) | 콘셉트 아티스트
닉 탄치엥(Nick Tan Chee Eng) | 콘셉트 아티스트
샤민 킹(Shamine King) | 콘셉트 아티스트
토니 저우쉬(Tony Zhou Shuo) | 콘셉트 아티스트

유비소프트 소피아
에디 베넌(Eddie Bennun) | 아트 디렉터 & 시니어 콘셉트 아티스트
다니엘 아타나소프(Daniel Atanasov) | 콘셉트 아티스트
사빈 보이키노프(Sabin Boykinov) | 콘셉트 아티스트
다이애나 칼루지나(Diana Kalugina) | 시니어 콘셉트 아티스트
이그나트 코미토프(Ignat Komitov) | 콘셉트 아티스트
이반 T 코리타레프(Ivan T Koritarev) | 콘셉트 아티스트
콘스탄틴 코스타디노프(Konstantin Kostadinov) | 콘셉트 아티스트
츠베텔린 크라스테프(Tsvetelin Krastev) | 콘셉트 아티스트

어쌔신 크리드 브랜드 팀 (몬트리올)
마르탱 쉘링(Martin Schelling) | 시니어 브랜드 프로듀서
장 게동(Jean Guesdon) | 브랜드 크리에이티브 디렉터
에이마르 아사이지아(Aymar Azaïzia) | 브랜드 콘텐츠 디렉터
에티엔 알로니에(Étienne Allonier) | 브랜드 디렉터
앙투안 체진스키(Antoine Ceszynski) | 브랜드 프로젝트 매니저
아누크 바흐만(Anouk Bachman) | 브랜드 프로젝트 매니저
막심 듀란(Maxime Durand) | 어쌔신 크리드 시리즈 역사학자

유비소프트 유럽중동아프리카(EMEA)
알렌 코어(Alain Corre) | EMEA 총괄
제프리 사딘(Geoffroy Sardin) | EMEA 판매 & 마케팅 수석 부사장
기욤 카르모나(Guillaume Carmona) | EMEA 마케팅 부사장
클레망 프레보스토(Clément Prevosto) | EMEA 마케팅 디렉터
저스틴 톡세(Justine Toxé) | EMEA 브랜드 매니저
플로리안 오블리지스(Florian Obligis) | EMEA 브랜드 & 디지털 매니저 어시스턴트
프랑소아 탈렉(François Tallec) | EMEA 특허 임대 & 퍼블리싱 디렉터
쥘리엔 파브르(Julien Fabre) | EMEA 퍼블리싱 매니저
베네딕트 파스키에(Bénédicte Pasquier) | 퍼블리싱 어시스턴트
클레멘스 들뢰즈(Clémence Deleuze) | EMEA 퍼블리싱 매니저

유비소프트 북중남미(NCSA)
로렌트 데톡(Laurent Detoc) | 사장
마이크 브레슬린(Mike Breslin) | 마케팅 디렉터
캐롤라인 라마슈(Caroline Lamache) | NCSA 퍼블리싱 디렉터
안토니 마르칸토니오(Anthony Marcantonio) | 퍼블리싱 스페셜리스트
빅토리아 리넬(Victoria Linel) | 퍼블리싱 어시스턴트

특별히 감사한 분들:
장 클로드 골뱅(Jean-Claude Golvin), 헬릭스(Hélix), 알렌 머시에카(Alain Mercieca), 매튜 재구라크(Matthew Zagurak), 크리스토퍼 그릴리(Christopher Grilli), 리차드 퍼레즈(Richard Farrèse), 홍멍나이(Hong Meng Nai), 많은 도움을 준 베스 루이스(Beth Lewis), 마틴 스티프(Martin Stiff), 매트 랄프스(Matt Ralphs)를 비롯한 타이탄 북스의 직원 여러분

[표지] 이브 베르텔레트(Eve Berthelette), 헬릭스, 마르탱 데샹보
[208쪽] 아트워크 — 라파엘 라코스트